读者丛书

DUZHE CONGSHU

时代光影里的丝路繁华

读者丛书编辑组 / 编

读者出版传媒股份有限公司
甘 肃 人 民 出 版 社

图书在版编目（CIP）数据

时代光影里的丝路繁华 / 读者丛书编辑组编. -- 兰州 ：甘肃人民出版社，2019.4
（读者丛书. 人文甘肃读本）
ISBN 978-7-226-05436-9

Ⅰ. ①时… Ⅱ. ①读… Ⅲ. ①散文集—中国—当代 Ⅳ. ①I267

中国版本图书馆CIP数据核字(2019)第069757号

总 策 划：马永强 李树军
项目统筹：李树军 党晨飞
策划编辑：党晨飞
责任编辑：马海亮 马 强
封面设计：久品轩

时代光影里的丝路繁华
读者丛书编辑组 编
甘肃人民出版社出版发行
（730030 兰州市读者大道 568 号）
甘肃新华印刷厂印刷

开本 787毫米×1092毫米 1/32 印张 6.5 插页 2 字数 130 千
2019年4月第1版 2019年4月第1次印刷
印数：1~5 050
ISBN 978-7-226-05436-9 定价：24.00元

目 录

CONTENTS

阳关雪

余秋雨

中国古代，一为文人，便无足观。文官之显赫，在官场而不在文，他们作为文人的一面，在官场也是无足观的。但是事情又很怪异，当峨冠博带早已零落成泥之后，一杆竹管笔偶尔涂划的诗文，竟能镌刻山河，雕镂人心，永不漫漶。

我曾有缘，在黄昏的江船上仰望过白帝城，顶着浓冽的秋霜登临过黄鹤楼，还在一个冬夜摸到了寒山寺。我的周围，人头济济，差不多绝大多数人的心头，都回荡着那几首不必引述的诗。人们来寻景，更来寻诗。这些诗，他们在孩提时代就能背诵。孩子们的想象，诚恳而逼真。因此，这些城，这些楼，这些寺，早在心头自行搭建。待到年长，当他们刚刚意识到有足够脚力的时候，也就给自己负上了一笔沉重的宿债，焦渴地企盼着对诗境实地的踏访。为童年，为历史，为许多无法言传的原因。有时候，这种焦渴，简直就像对失落的故乡的寻找，对离散的亲人的查访。

文人的魔力，竟能把偌大一个世界的生僻角落，变成人人心中的故乡。他们褪色的青衫里，究竟藏着什么法术呢？

今天，我冲着王维的那首《渭城曲》，去寻阳关了。出发前曾在下榻的县城向老者打听，回答是："路又远，也没什么好看的，倒是有一些文人辛辛苦苦找去。"老者抬头看天，又说："这雪一时下不停，别去受这个苦了。"我向他鞠了一躬，转身钻进雪里。

一走出小小的县城，便是沙漠。除了茫茫一片雪白，什么也没有，连一个褶皱也找不到。在别地赶路，总要每一段为自己找一个目标，盯着一棵树，赶过去，然后再盯着一块石头，赶过去。在这里，睁疼了眼也看不见一个目标，哪怕是一片枯叶，一个黑点。于是，只好抬起头来看天。从未见过这样完整的天，一点儿也没有被吞食，边沿全是挺展展的，紧扎扎地把大地罩了个严实。有这样的地，天才叫天。有这样的天，地才叫地。在这样的天地中独个儿行走，侏儒也变成了巨人。在这样的天地中独个儿行走，巨人也变成了侏儒。

天竟晴了，风也停了，阳光很好。没想到沙漠中的雪化得这样快，才片刻，地上已见斑斑沙底，却不见湿痕。天边渐渐飘出几缕烟迹，并不动，却在加深，疑惑半晌，才发现，那是刚刚化雪的山脊。

地上的凹凸已成了一种令人惊骇的铺陈，只可能有一种理解：那全是远年的坟堆。

这里离县城已经很远，不大会成为城里人的丧葬之地。这些坟堆被风雪所蚀，因年岁而坍，枯瘦萧条，显然从未有人祭扫。它们为什么会有那么多，排列得又是那么密呢？只可能有一种理解：这里是古战场。

我在望不到边际的坟堆中茫然前行，心中浮现出艾略特的《荒原》。这里正是中华历史的荒原：如雨的马蹄，如雷的呐喊，如注的热血。中原慈母的白发，江南春闺的遥望，湖湘稚儿的夜哭。故乡柳荫下的诀别，将军圆睁的怒目，猎猎于朔风中的军旗。随着一阵烟尘，又一阵烟尘，都飘散远去。我相信，死者临亡时都是面向朔北敌阵的；我相信，他们又很想在最后一刻回过头来，给熟悉的土地投注一个目光。于是，他们扭曲地倒下了，化作沙堆一座。

这繁星般的沙堆，不知有没有换来史官们的半行墨迹？史官们把卷帙一片片翻过，于是，这块土地也有了一层层的沉埋。堆积如山的二十五史，写在这个荒原上的篇页还算是比较光彩的，因为这儿毕竟是历代王国的边远地带，长久担负着保卫华夏疆域的使命。所以，这些沙堆还站立得较为自在，这些篇页也还能哗哗作响。就像干寒单调的土地一样，出现在西北边陲的历史命题也比较单纯。在中原内地就不同了，山重水复、花草掩映，岁月的迷宫会让最清醒的头脑胀得发昏，晨钟暮鼓的音响总是那样的诡秘和乖戾。那儿，没有这么大大咧咧铺张开的沙堆，一切都在重重美景中发闷，无数不知为何而死的怨魂，只能悲愤懊丧地深潜地底。不像这儿，能够袒露出一帙风干的青史，让我用 20 世纪的脚步去匆匆抚摩。

远处已有树影。急步赶去，树下有水流，沙地也有了高低坡斜。登上一个坡，猛一抬头，看见不远的山峰上有荒落的土墩一座，我凭直觉确信，这便是阳关了。

树愈来愈多，开始有房舍出现。这是对的，重要关隘所在，屯扎兵马之地，不能没有这一些。转几个弯，再直上一道沙坡，爬到土墩底下，四处寻找，近旁正有一碑，上刻“阳关古址”四字。

这是一个俯瞰四野的制高点。西北风浩荡万里，直扑而来，踉跄几步，方才站住。脚是站住了，却分明听到自己牙齿打战的声音，鼻子一定是立即冻红了的。呵一口热气到手掌，捂住双耳用力蹦跳几下，才定下心来睁眼。这儿的雪没有化，当然不会化。所谓古址，已经没有什么故迹，只有近处的烽火台还在，这就是刚才在下面看到的土墩。土墩已坍了大半，可以看见一层层泥沙，一层层苇草，苇草飘扬出来，在千年之后的寒风中抖动。眼下是西北的群山，都积着雪，层层叠叠，直伸天际。任何站立在这儿的人，都会感觉到自己是站在大海边的礁石上，那些山，全是冰海冻浪。

王维实在是温厚到了极点。对于这么一个阳关，他的笔底仍然不露凌厉惊骇之色，而只是缠绵淡雅地写道："劝君更尽一杯酒，西出阳关无故人。"他瞟了一眼渭城客舍窗外青青的柳色，看了看友人已打点好的行囊，微笑着举起了酒壶。再来一杯吧，阳关之外，就找不到可以这样对饮畅谈的老朋友了。这杯酒，友人一定是毫不推却，一饮而尽的。

这便是唐人风范。他们多半不会洒泪悲叹，执袂劝阻。他们的目光放得很远，他们的人生道路铺展得很广。告别是经常的，步履是放达的。这种风范，在李白、高适、岑参那里，焕发得越加豪迈。在南北各地的古代造像中，唐人造像一看便可识认，形体那么健美，目光那么平静，神采那么自信。在欧洲看蒙娜丽莎的微笑，你立即就能感受，这种恬然的自信只属于那些真正从中世纪的梦魇中苏醒、对前路挺有把握的艺术家们。唐人造像中的微笑，只会更沉着、更安详。在欧洲，这些艺术家们翻天覆地地闹腾了好一阵子，固执地要把微笑输送进历史的魂魄。谁都能计算，他们的事情发生在唐代之后多少年。而唐代，却没有把它的属于艺术家的自信延续久远。阳关的风雪，竟越见凄迷。

王维诗画皆称一绝，莱辛等西方哲人反复论述过的诗与画的界线，在他是可以随脚出入的。但是，长安的宫殿，只为艺术家们开了一个狭小的边门，允许他们以卑怯侍从的身份躬身而入，去制造一点娱乐。历史老人凛然肃然，扭过头去，颤巍巍地重又迈向三皇五帝的宗谱。这里，不需要艺术闹出太大的局面，不需要对美有太深的寄托。

于是，九州的画风随之黯然。阳关，再也难于享用温醇的诗句。西出阳关的文人还是有的，只是大多成了谪官逐臣。

即便是土墩、是石城，也受不住这么多叹息的吹拂，阳关坍弛了，坍弛在一个民族的精神疆域中。它终成废墟，终成荒原。身后，沙坟如潮；身前，寒峰如浪。谁也不能想象，这儿，一千多年之前，曾经验证过人生的壮美，艺术情怀的弘广。

这儿应该有几声胡笳和羌笛的，音色极美，与自然浑和，夺人心魄。可惜它们后来都成了兵士们心头的哀音。既然一个民族都不忍听闻，它们也就消失在朔风之中。

回去罢，时间已经不早。怕还要下雪。

（摘自长江文艺出版社《文化苦旅》一书）

敦煌秋日

刘白羽

在大戈壁滩上驶行一日，迎着灼热的太阳、灼热的空气、灼热的风、遥望远处常常有一片晶光闪亮的湖泊，到跟前一看却依然是黄褐的砂砾。敦煌住所门前有一架葡萄碧绿森森，一下扫去身上脸上的炎尘热气。

次日上午和关山月、黎雄才两位同游月牙泉。这儿四周全是沙山，每座沙山像一座埃及金字塔，阳光从山的尖顶起照出阴阳两面，黑白分明，风吹得山的棱线像刀裁的一样齐崭而又弯转曲折，构成一幅沙漠图案。据说山上流沙，飒飒作响，入夜声达敦煌城内，有如丝弦鸣奏，故最高一山名鸣沙山。山那面就是敦煌洞窟，山这面群峰环抱着一个碧绿的小湖，形似一钩弯月，泉水不断向水面浮出泡沫，水清澈见底，一群群小鱼在人影一晃时便飞速翔入墨蓝水藻。在琉璃般的湖面上，映着黄沙山的倒影，真是幽美。站在这里环顾一切，不能不惊叹造化的无穷魔力。我们一步一陷踏着流沙，爬上一个沙山岭角坐下来。

人们说此地古名渥洼池。人们还说汉武帝至此，见沙岭之巅有野马飞驰而去，乃有“天马行空”之说。《汉书》云：“马生渥洼水中”。汉《天马之歌》云：“天马来，从西极。”我不知这些典故传说是否属实，但它给这沙漠长空增添了缥缈神奇的色彩。

几十年没领略过西北高原秋日之美了，天高云淡，清气爽人，早晚阴凉，晌午却还笼罩着一股热流。我们下午访问，不，应该说是朝拜了敦煌莫高窟。我虽然是个无神论者，但是对这人类艺术宝库，实不能不令人浮起一种虔诚之感。当我徘徊于彩绘斑斓，雕塑明丽的洞窟之中，就恍如进入神话天堂。在一个洞窟中，我环顾窟壁和穹顶，画满千千万万的小飞天，你愈看愈活，一个个千姿万态，凌空飞翔。一刹那间，你自己也仿佛两腋生风，随飞天而飘舞；在另一洞窟，我为一尊泥塑所吸引，那慈祥的眼神、智慧的微笑，特别是那圆润的臂和柔美的手，你感到有生命、有血脉，手指就像在微动，应该说我的整个心灵为这艺术的奇妙所迷醉。这一夜，梦寐中仿佛听到飞天飘舞的微声，看到雕像温柔的微笑。第二天上午，我们又奔赴莫高窟，攀缘于回廊

敦煌莫高窟

复道之中，流连于石窟洞天之内。洞窟的每一角落都充满彩绘，真是珠玑满目，金碧辉煌，特别是以青绿山水糅合精致线条，构成繁复绚烂的画图。在这雕塑林立的地方，有多少无名的米开朗琪罗啊，如果说梅迭契墓上的“日”与夜表现了西方气质，那么，敦煌的雕塑则展示了东方的风度，但共同之处是创造者赋予艺术以生命。

古敦煌为丝绸之路上的繁华城市，被称为“华戎所交一都会”“日市数合”，意思是这个中外驰名的热闹都市，贸易集市一天分晨、子、午三次。这里又是一个咽喉要道，从此出玉门入新疆，经于阗为丝绸南路，经楼兰为丝绸北路，漫漫长途直通伊朗，将丝绸输往欧洲。唐安史之乱，与长安隔绝。西藏小吏张议潮，团结汉人，以敦煌为中心，督河西走廊一带，成为一个富强独立的国家。一个洞窟内有巨幅壁画就是《张议潮出行图》，旗飘飘，马萧萧，甚为壮观。感谢画家常书鸿，他为了保护开拓这一祖国艺术宝藏，在荒芜祁连山下度过四十几个秋冬，到现在他每晚还是点着煤油灯工作，我说他是玄奘一样的大师，经他们发掘、修缮，敦煌现在修复一千多个洞窟，成为世界上最宏大的美术展览馆，据说把这些壁画接为一线长达二十五公里，它有如满天红霞照亮了整个世界。这两天我从北魏、隋、唐、五代、宋、元各朝代洞窟相迭观赏下来，回到敦煌城中住所，站在庭中，仿佛遥遥听到古代市集喧哗和鸣沙山流沙的微响。我对敦煌实在有无限惜别之感！

离敦煌前夕，书鸿来旅处话别，我们一九五〇年同访印度，垂垂近三十年了！他赠我敦煌壁画摹本珍品，上面写了一段跋语：

“二十八年前与白羽同志同游天竺时曾约西出阳关共赏敦煌宝藏今如愿以偿欢喜赞叹相赠敬请指正一九七八年中秋后一日”。

（摘自《语数外学习·初中版》2015 年第 1 期）

敦煌沙山记

贾平凹

河西走廊，是沙的世界，少石岩，少飞鸟，罕见树木，也罕见花草；荒荒寂寂的戈壁大漠，地是深深的阔，天是高高的空，出奇的却是敦煌城南，三百里地方圆内，沙不平铺，堆积而起伏，低者十米八米不等，高则二百米三百米直指蓝天，垅条纵横，游峰回旋，天造地设地竟成为山了。沙成山自然不能凝固，山有沙因此就有生有动：一人登之，沙随足坠落，十人登之，半山就会软软泄流，千人万人登过了，那高耸的骤然挫低，肥臃的骤然减瘦。这是沙山之形啊。其变形之时，又出奇轰隆鸣响，有闷雷滚过之势，有铁骑奔驰之感。这是沙山之声啊。沙鸣过后，万山平平，一夜风吹，却更出奇的是平堆竟为丘，小丘竟为峰，辄复还如。这是沙山之力啊。进入十里，有一泉水，周回千数百步，其水澄澈，深不可测，弯环形如半月，千百年来不溢，不涸，沙漏不掉，沙掩不住，明明净净在沙中长居。这是沙山之神秘啊。《汉书》载："元鼎四年，有神马（从泉中）出，武帝得之，作天马歌。"现天马虽已远走，泉中却有铁背游鱼，七星水草，相传食之甘美，亦强身益寿。这是沙山之精灵啊。

敦煌久为文化古都。敦者，大也；煌者，盛也。旧时为丝绸之路咽喉，今日是西北高原公路交通枢纽。自莫高窟惊世骇俗以来，这沙山也天下称奇，多少年来，多少游客，大凡观了人工的壁画，莫不再来赏这天地造化的绝妙的。放眼而去，一座沙山，又一座沙山，偌大的蘑菇的模样，排列中错错落落，纷乱里有联有系；竖着的，顺着的；脉络分明，走势清楚，梁梁相接，全都向一边斜弯，呈弓的形状；横着的，岔着的，则半圆交叠，弘线套叉，传一唱三叹之情韵。这是沙山之远景啊。沿沙沟而走，慢坡缓上，徐下慢坡，看山顶不高，蒙蒙并不清晰，万道热气顺阳光下注，浮阳光上腾，忽聚忽散，散则丝丝缕缕，聚则一带一片，晕染梦幻，走近却一切皆无，偶尔见三米五米之处有彩光耀眼，前去细辨，沙竟分五色：红、黄、蓝、白、黑，不觉大惊小怪，脚踹之，手掬之，口袋是装满了，手帕是包饱了，满载欲归，却一时不知了东在哪里，西在何方？茫然失却方向了。这是沙山之近景啊。登至山巅，始知沙山之背如刀如刃，赤足不能稳站，

月牙泉

而山下泉水，中间的深绿，四边浅绿，深绿绿得庄重的好，浅绿绿得鲜活的好。四周群山倒影又看得十分明白，疑心山有多高，水有多深，那水面就是分界线，似乎山是有根在水，山有多高，根也便有多长；人在山巅抬脚动手，水中人就豆粒般地倒立，如在瞳仁里，成千上万倍地缩小了。这是沙山之俯景啊。站在泉边，借西山爽气豁人心神，迎北牖凉风荡涤胸次，解怀不卧，仄眼上眺，四面山坡无崖、无穴、无坎、无坑，漠漠上下，光洁细腻如丰腴肌肤。这是沙山之仰景啊。阴风之日，山山外表一尺左右团团一层迷离，不即不离，如生烟生雾，如长毛长绒，悲鸣齐响，半晌不歇，月牙泉内却水波不兴，日变黄色，下澈水底，一动不动，犹如泉之洞眼。盛夏晴朗天气，四山空洞，如在瓮底，太阳伸万条光脚，缓缓走过，沙不流不泻，却丝竹管弦之音奏起，看泉中有鱼跃起，亦是无声，却涟漪扩散，不了解这泉是一泓乐泉，还是这山是一架乐山？这是沙山动中静，静中动之景啊。

天上的月有阴晴圆缺之变化，沙月却有明净和碧清，时令节气有春夏秋冬之交替，沙山却只有漫下、耸起和自鸣。这里封塞而开放，这里荒僻而繁华，有整晌整晌趴在沙里按动照相机的，有女的在前边跑，男的在后边追，从山巅呼叫飞奔，身后烟尘腾起，作男女飞天姿势的，是外国游人之狂欢啊。有一边走，一边回顾，身后的脚印那么深，那么直，惊叹在城里的水泥街道上从未留过自己脚印，而在这里才真正体会到人的存在和价值的，是北京、上海、广州的旅人之得意啊。有鲜衣盛装，列队而上，横坐一排，以脚蹬沙，奋力下滑，听取钟鼓雷鸣之声空谷回响，至夕尽欢才散的，是当地汉族人、藏族人端阳节之兴会啊。有三伏炎炎之期，这儿一个，那儿一个，将双腿深深埋入灼极热极的细沙之中，头身覆以伞帽，长久静坐，饥则食乌鸡肉，渴则饮蝎蛇酒，至极痛而不取出的，是天南海北腰痛腿疼症人疗治疾苦啊。九月九日秋高气爽，有斯斯文文长脸白面之人，或居沙巅望远观近，或卧泉边舀水烹茶，诗之语之，尽述情怀的，是一群从内地而至的文学作者啊。有一学子，却与众不同，壮怀激烈，议论哲理，说：自古流沙不容清泉，清泉避之流沙，在此渊含止水相斗相生，矛盾得以一统，一统包容运动；接着便吟出古诗一首："四面风沙飞野马，一潭云影幻游龙。"此人姓甚名谁，不可得知，但黑发浓眉，明眸皓齿，风华正茂，是一赳赳少男啊。

（摘自中国网，2016 年 9 月 27 日）

悬泉汉简中的丝路繁华

张德芳

“孔子曰：德之流行，速于置邮而传命。”早在孔子的春秋时代，作为邮驿性质的“置”已经存在。到了两汉时期，“置”这样的邮驿机构已遍布全国。“立屯田于膏腴之野，列邮置于要害之路。驰命走驿，不绝于时月。商胡贩客，日款于塞下……”邮驿交通的发达是汉帝国综合国力的体现，也是大汉气象的写照。但是在1987年悬泉置遗址发现以前，在中国历史上延续近千年的“置”这样的邮驿机构，其建筑规模如何、功能性质如何，我们是不清楚的。

悬泉置以及在此发现的23000多枚悬泉汉简，是迄今为止发现的两汉时期最为完整、丰富的档案材料。作为从汉到晋前后使用了 400 多年的、当时丝绸之路上的重要驿站，悬泉置的汉简自然也是研究两汉丝绸之路你来我往的最为珍贵的文献档案。

丝路上的千年驿站

悬泉置的位置在今天瓜州县以西、敦煌市以东，距两地政府所在地各 60 公里的地方。南面，三危山余脉在离此不到一公里的地方形成天然屏障，山下悬泉置等人居之处赖以生存的水源悬泉水出此山中。

悬泉置隶属于敦煌郡效谷县，全称应是“效谷县悬泉置”。悬泉置的主体建筑是 50 米×50 米的正方形坞院，土坯砌筑。门朝东开，四角有角墩。院内用于工作人员办公和客人住宿的房屋有大小不等近 30 间土房。院外东面和南面还有如马厩等一些附属建筑。这里的人员定额有官卒徒御 37 人，有员马 40 匹，传车 10~15 辆。除养马外还饲养一定数量的牛，有牛车 5 辆。

这里的主要工作分两类：一是传递公文信件，也包括私人邮寄的信函和物品，二是接待东来西往的官员和行旅。每当朝廷用兵西部，皇帝的诏书、朝廷的紧急公文以及出征将士的军情急报，也都经过悬泉置传送。

据载，在敦煌郡东西 300 多公里的通衢大道上，像悬泉置这样的驿置机构共有 9 所，每所间隔 30 公里左右。悬泉汉简提供的丰富信息与史书的记载相互补充，让我们得以见识当时的丝路繁华。

汉王朝与西域关系的见证

悬泉汉简记载的来中原朝贡、通使、和亲、纳质、受封、学习的西域各国有 30 多个，时间范畴从昭帝到王莽（公元前 86 年至公元 23 年）长达 100 多年，基本上反映了汉匈相争到西域都护府的设立以及西域内附、丝路畅通的历史。

这些具体生动的材料在传统史籍中找不到。比如：匈奴西边日逐王降汉，这是汉匈关系的转折点，是影响中国和世界历史进程的重大事件。《汉书》上有记载："（神爵二年）秋，匈奴日逐王先贤掸将人众万余来降。使都护西域骑都尉郑吉迎日逐，破车师，皆封列侯。"日逐王从神爵二年（公元前 60 年）秋降汉，次年四月受封，前后近十个月时间，大部分时间行进在从西域到京师的路上。

浩浩荡荡一万多人马，选择什么路线，怎么走过去的？悬泉汉简有记载。神爵二年八月，朝廷御史大夫专门发文给酒泉、敦煌，安排布置接待事宜。同时还有悬泉置派人迎来送往以及有关开销的记载——先期到达的是日逐王和少数上层人物，其余上万多人马并未与之同行。这上万多人马或者是中途逃亡了，或者是反叛被镇压了，或者是留在原地安置了，不得而知。但不管怎么说，这些材料都有力地印证了日逐王归汉、西域这一辽阔地域纳入汉王朝统治的历史史实。

汉代经营西域，同乌孙的关系最为重要。根据《史记》《汉书》的记载，最早乌孙与大月氏都在敦煌祁连间，是河西走廊的一个古老民族。张骞两度出使，就是奔着大月氏和乌孙去的。汉朝与乌孙的关系始终是汉与匈奴、汉与西域关系的晴雨表。悬泉汉简中有大量关于乌孙的记载，汉乌联合出兵攻打匈奴、解忧公主年老思土返回京师、冯夫人锦车持节斡旋于汉乌之间、乌孙内乱致使和亲公主滞留敦煌等等，都在路过悬泉置时留下了原始记录。《悬泉置元康五年正月过长罗侯费用簿》共 18 枚简，为一完整的册子，弥足珍贵。长罗侯常惠曾经六到乌孙，他和使团第五次去乌孙国商讨和亲时，在悬泉置的过往人数和所消耗的食物数量等事宜在简中一笔笔都有详细记录。

再如龟兹，是当时西域都护府管辖的国家中人口、户数仅次于乌孙、大宛的第三大国。当时的龟兹王降宾以乌孙公主女为夫人，因“爱其夫人，上书言得尚汉外孙为昆弟，愿与公主女俱入朝”。从此开始与汉朝关系的新篇章。“元康元年，遂来朝贺。王及夫人皆赐印绶……后数来朝贺，乐汉衣服制度，归其国，治宫室，作徼道周卫，出入传呼，撞钟鼓，如汉家仪”。这种典型的文化交流对西域地区有着广泛深刻的社会影响。悬泉汉简记载了龟兹王夫人来汉朝觐见时，悬泉置为之布置的床帷和仪仗，“堂上置八尺床卧一张，皁若青帷”，给人增添了驰骋想象的依据。龟兹王在位几十年，后因年老多病，汉朝曾专派“御医”两名，守护左右长达五年时间。

悬泉汉简保留了大量西域都护府设立后直到西汉末年西域 30 多个国家前来京师路过悬泉置停留的珍贵记录。汉朝设置西域都护府总领西域，而对西域各国不采取内地的郡县制而仍其旧俗；在重要的战略地区驻兵屯田，以保障不受匈奴侵犯并负责地方治安；对大国如乌孙和龟兹辅之以和亲，结昆弟之好；注重汉文化与西域文化的交流等等，对西域广大地区进行了有效管理。从汉简材料还可看出，西域各国通过频繁地来汉活动，依附感、归属感和向心力不断增强，他们需要汉王朝的强力保护。这些通过史书记载和出土汉简的相互佐证变得十分清晰。

汉王朝与周边国家关系的见证

张骞西使，最早到达的地区就是大宛和康居。要想了解大宛和康居 2000 多年前的历史，除了汉文史籍如《史记》《汉书》的有限记载外，悬泉汉简就是极其重要的史料来源。实际上张骞两度出使以后又过了十年，李广利远征大宛，汉朝的声威和势力已经覆盖到河中地区（锡尔河和阿姆河）。悬泉汉简中关于大宛的记载，丰富充实了汉与大宛关系的历史。如：“大宛贵人食七十一·凡三百一十八人。”318 人中可能有其他国家的人，也可能是按人次累计，但就 71 人的使团，也是够庞大的。还有，“大宛贵人乌莫塞献橐驼一匹，黄、乘、须两耳、絜一丈。死悬泉置。”这是贡献的骆驼死于悬泉置的记载。其实，这种贡献只具有象征意义，主要体现政治上的羁縻关系。

康居与汉朝的关系有一个发展的过程。康居在当时错综复杂的周边环境下，不同时期采取不同的态度，都属于外交史上正常的动态反映。悬泉汉简关于康居的记载，大都属于往来通好路过时留下的记录，主要反映两国间的正常来往。比如一则汉简全面记录的是敦煌太守府发往酒泉太守府的平行文书，时在西汉甘露二年（前 52 年）三月八日。康居王所派使团从使者、贵人到从者，一共 76 人，随行大牲畜 78 头。这在当时中西交通的大道上不能不算是一支浩浩荡荡的队伍。要接待这样一支庞大的使团，沿途如敦煌、酒泉等地的地方官员必须认真办理，否则要受到朝廷的追责。康居使团所带 78 头大牲畜中，有贡献的马匹和骆驼若干，有私马、驴、驼、牛若干，前者是给朝廷的贡物，后者可能是使团人员自己的乘驾。至于牛，或可为沿途遇到困难时，以供宰杀食用。

大月氏是曾经活动于河西走廊的一个古老民族，后来一迁伊犁河流域，再迁阿姆河流域，最后定都阿富汗北部的巴尔赫。大月氏西迁后经过百多年的经营发展，其中的贵霜强大起来。关于贵霜帝国的历史中外学术界都有很多重要成果，但是从大月氏西迁到贵霜帝国的形成（取公元 30 年一说）这段时间，缺乏足够的材料。悬泉汉简中关于大月氏的记载主要分布时段在公元前半个多世纪，正好弥补了这段时间的空白。

西北地区是丝绸之路和中西交通的重要通道，悬泉置遗址以及所出悬泉汉简，具有极高的科学价值，不同领域的学者都能从中找到鲜活的资料，随着时间的绵延，它的意义会更加突显。

（摘自《人民日报》2018年6月13日，有删节）

五城记之兰州

余秋雨

常听人说，到西北最难适应的是食物，但我对兰州印象最深的却是两宗美食：牛肉面与白兰瓜。

因此，这座黄河上游边的狭长古城，留给我两种风韵：浓厚与清甜。

兰州牛肉面取料十分讲究，一定要是上好黄牛腿肉，精工烹煮，然后切成细丁，拌上香葱、干椒和花椒；面条粗细随客，地道的做法要一碗碗分开煮，然后浇上适量牛肉汤汁，盖上刚刚炒好的主料。满满一大碗，端上来面条清齐、油光闪闪、浓香扑鼻。一上口味重不腻，爽滑麻烫。另递鲜汤一小碗，如若还需牛

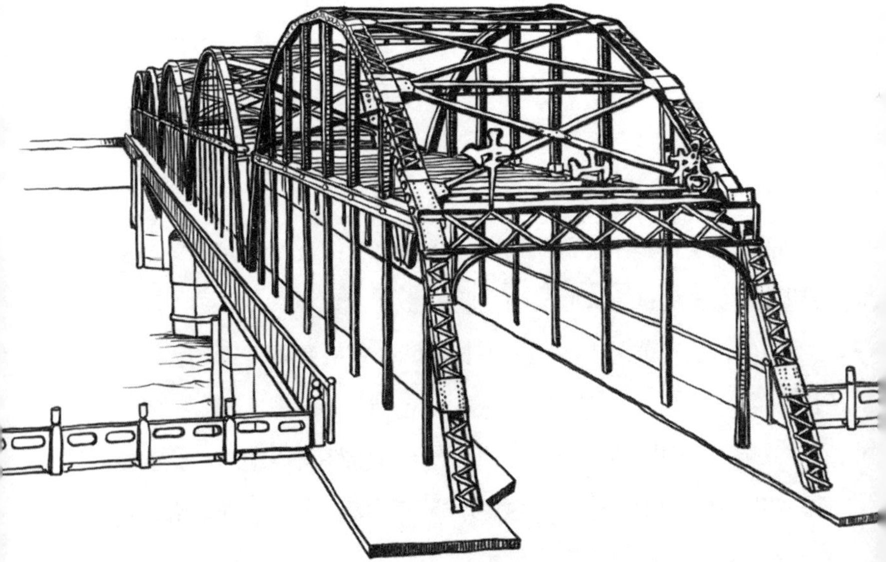

天下黄河第一桥——中山桥

肉，则另盘切送，片片干挺而柔酥，佐蒜泥辣酱。在兰州吃牛肉面，一般人都会超过平时的食量。

我兰州的朋友范克峻先生是一位历尽磨难之人，经常带我到一家铺子吃牛肉面。掌勺的马师傅年事已高，见范先生来便亲自料理一切，不容有半点差池。范先生轻声告诉我，这位马师傅实在是一位侠义之士，别看他每天只是切肉煮面，你完全可以把一切信托于他。30 多年前，一位每天到这儿吃面的演员突然遭冤被捕，关在监狱里，判刑不轻。妻子亲朋都离他而去，过年过节时也没人来探望。他万万没有想到，竟然是这位马师傅出现在铁窗之前，手提一包干切牛肉，无言捧上。如此者每年不断，一直延续整整 20 年之久。20 年后，演员的冤案昭雪平反，他又重登舞台，名震全城。不管他用什么方式来邀请和感谢，马师傅全不接受，只在他每天早晨来吃牛肉面时，投以轻轻一笑。

正说着，马师傅的牛肉面已经煮好端来，只一口，我就品出兰州的厚味来了。

在风味上，白兰瓜与牛肉面正恰构成强烈对比。这种瓜吃时须剖成长条，入口即满嘴清凉，味不浓，才嚼几下就消融在咽喉之间，立时觉得通体润爽。据说白兰瓜是外来品种，兰州接纳了它，很快让它名扬中华。兰州虽然地处僻远的西北，却是闻名的瓜果之乡。只要是好瓜好果大多都能在兰州存活，而且加添上一份香甜。火车经过兰州站，车厢里会变戏法一样立即贮满了各种瓜果，性急的旅客立即取刀削食，满车都是甜津津的清香。

瓜果的清香也在兰州民风中回荡。与想象中的西北神貌略有差异，这儿的风气颇为疏朗和开放。衣着入时，店货新潮，街道大方，书画劲丽，歌舞鼎盛，观众看戏的兴趣也洒脱的正常。京剧、越剧、秦腔都看，即便是演一个外国话剧，票房价值仍然很高。去敦煌必须经兰州，因此在兰州的外国旅游者很多。兰州的一大缺憾，是机场离市区实在太远，极为不便；但兰州机场女播音员的英语水平，在我听来，在全国机场之上，这又给国际友人带来了一种舒坦。

这便是兰州，对立的风味和谐着，给西北高原带来平抚，给长途旅人带来慰藉。中华民族能在那么遥远的地方挖出一口生命之泉喷涌的深井，可见体力毕竟还算旺盛的。有一个兰州在那里驻节，我们在穿越千年无奈的高原时也会浮起一丝自豪。

（摘自长江文艺出版社《文化苦旅》一书）

漂不散的皮筏子情结

雷志义

“吹牛皮”在甘肃、青海、宁夏的历史上并不是什么坏事，牛皮筏子就是铁证。70年前，《大公报》记者范长江在《中国的西北角》一书里面就记载道：“西北水上运输，皮筏子比木船更为普遍。”

羊皮筏子在西北的甘肃、青海、宁夏等省区广为流行，人人皆知，但羊皮筏子为中国反法西斯战争建立赫赫功勋的事就鲜为人知了。在抗日战争最艰苦的1942年，日寇封锁了东部水陆交通线，战略物资的运输极为困难。此时，国民政府运输部急中生智，另辟蹊径，急调兰州的皮筏子入川。兰州的筏子客临危受命，南下川北运送军用物资。他们驾驭着轻巧的羊皮筏子满载石油等物资，在咆哮的嘉陵江中乘风破浪顺流而下，从广元到重庆700多公里的水路数日即达，速度竟然比火车还快，创造了一个运输奇迹。皮筏子运输队在重庆顺利靠岸，山城为之轰动，百姓竞相鸣炮迎接。不久，“西北皮筏子运输队”在蜀中成立，专门向重庆运输汽油。正是缘于羊皮筏子与抗日战争结下的这段历史情缘，后来才出现了“土豆开花胜牡丹，羊皮筏子赛军舰”一说。

西北的皮筏子俗称“排子”，是旧时青海、甘肃、宁夏等省区黄河沿线常用的水上运输工具，分为牛皮筏子和羊皮筏子两种。早先出现的是牛皮筏子，但是要将偌大的牛皮囊用嘴吹胀实在太辛苦。后来有人发现羊皮小而灵活，吹气省力，遂发明了羊皮筏子。牛皮筏子载重量可达10多吨，多用于大宗货运；羊皮筏子则以载客渡人为主。

皮筏子的制作工艺简单。屠宰牛羊时，设法割个小口将皮整体剥脱后用盐水脱毛，然后以植物油炮制，浸水、曝晒使之软化后用细绳扎紧开口，在腿部留一个气孔。把吹胀的10多个皮囊绑在木框上，筏子便做成了。羊皮筏子必须全部吹胀，而牛皮筏子并非每只都须充气，塞进干草或者羊毛等很轻的东西亦可，故牛皮筏子也称“草筏”。皮筏子除了制作简单、成本低廉、操纵灵活、搬运轻便、不怕搁浅外，另一个最大的优点就是不怕触礁碰撞，万一有一两只皮囊损坏了，也不影响筏子的运输，安全性能极好，轻便又极具浮力。

皮筏子由于用途不同，大小也有差别。小的皮筏子由 10 多个羊皮囊扎成，用于运送瓜果蔬菜或摆渡行人等短途运输。而大的羊皮筏子由 600 多个羊皮囊做成，长 22 米，宽 7 米，上面配置 6 把桨，可载货 20~30 吨。从兰州装货出港，沿黄河顺流而下，12 天即可到达内蒙古的包头。最大的牛皮筏子由 90 个牛皮囊做成，可载货 20 吨。

现在旅游用的羊皮筏子都用山羊皮囊做成，比较小，灵活方便。游客坐在上面，水在空隙间激荡，浪漫而极具刺激性。

中国的皮筏子运输历史估计已逾千年。据古代地理学专著《尚书·禹贡》记载，皮筏子最早使用于青海循化。那时，流经积石山附近的黄河阻断了两岸交通，峡谷两岸相距最窄处仅 10 多米宽。这种特殊的河岸环境造就了早期的皮筏子。据《后汉书》记载，护羌校尉在青海贵德带领士兵渡黄河时，“缝革囊为船”。《水经注》云：“汉建武二十三年（47 年），王遣兵乘革船（即皮筏子）南下水。”《旧唐书》云：“以牛皮为船以渡。”白居易《长庆集·蛮于朝》诗云：“泛皮船兮渡绳桥，来自鄂州道路遥。”《资治通鉴》《宋史》都有关于皮筏子制作方法的记载。《宋史·王延德传》云：“以羊皮为囊，吹气实之浮于水。”

西北地区以兰州人使用皮筏子最为普遍。兰州的羊皮筏子相传始于清朝。康熙十四年（1675 年）二月，镇守兰州地区的陕西提督王辅臣叛乱，西宁总兵王进宝奉命讨伐，以木料结革囊夜渡黄河大破叛军。后来王辅臣军亦造筏图谋渡河逃匿，王进宝军沿

羊皮筏子

河追击迫使王辅臣投降。由此看来，兰州在数百年前就出现了用于大规模渡河的皮筏子。在清末民初，每年都用皮筏子从青海向兰州运送粮食，并从兰州运送皮货到绥远一带进行贸易。范长江在《中国的西北角》一书中，详细记载了他在20世纪30年代乘坐皮筏子，由兰州出发前往宁夏、内蒙古采访的见闻和乐趣。当时他搭乘由120个牛皮囊制作的大型皮筏子，出兰州顺黄河而下直赴宁夏，坐在皮筏子上一路经过水流湍急、惊险异常的黄河大峡、红山峡和黑山峡。

皮筏子的起源可能来自牛皮囊泅渡，历史上黄河上游的少数民族曾利用牛皮囊泅渡黄河。河工先把牛皮缝制成囊，将要过河的物品装入囊中，再给囊充气；渡河时河工爬在牛皮囊上一手抓囊，一手划水，泅渡到对岸后，打开牛皮囊取出物品。也有人认为，是由河对岸的人将牛皮囊牵引到对岸。这种渡河的方式，后来就演变成了皮筏子。“吹牛皮，渡黄河”是兰州牛皮筏子的真实写照。

皮筏子主要依赖水流而行，顺流而下易，逆流而上难。皮筏子将人和货送到后，空筏子便需筏子客背回来或者拆开运回。故有“下水人乘筏，上水筏乘人”之说。

皮筏子虽然轻巧迅捷，不易搁浅，但是在急流险滩中行驶仍不可大意。一旦漂流到险滩水急处触礁，筏毁人亡的惨剧也会发生。甘肃、宁夏境内的黄河边有几处地名叫“煮人锅”“洋人招手”“狼舌头”……说明了地势的险恶异常。“洋人招手”的故事是说在很多年前，一个外国人搭乘皮筏子渡河时被狂暴的水势吓坏了，就从皮筏子上跳到了河心的一块巨石上。巨石周围大浪滔天，那个外国人受困懊悔不已，看到后来的皮筏子就不断招手，希望能过去救他，然而水势凶险，没有皮筏子能够过去，这个外国人最后被活活饿死于巨石上。

20 世纪 50 年代，铁路尚未开通，公路交通不便，皮筏子仍然是兰州人水上的主要运输工具。兰州金城关一带的回族人多从事皮筏子运输业，每年外运羊毛数百万公斤。在国内的乌江、岷江和黑河流域，皮筏子都派上过大用场。

如今，甘肃、宁夏、青海省区内黄河上的桥越建越多，皮筏子便结束了它的历史使命，但它并没有退出历史舞台。在兰州市和宁夏中卫的旅游度假区，“皮筏子漂流”仍然是一个深受人们欢迎的休闲项目，成为都市人摆脱喧嚣、体会原始自然生活、欣赏黄河两岸风光的一种娱乐方式。乘坐皮筏子随波逐流，领略黄河风情，耳边传来筏子客们豪情万丈的黄河号子，听筏子客讲述“皮筏子赛军舰”的传奇故事，倒也令人心旷神怡。

（摘自《读者·乡土人文版》2006 年第 7 期）

夜兰州

武国荣

兰州最为明显的标志，当属皋兰山与黄河了。我对兰州的美好印象和眷眷情恋，亦是上述二物。

夜色来得晚了一些，已是 19 时 30 分，西瞧白塔山峰，不见了夕阳娇艳的余晖，但山河依然清清亮亮，那鳞次栉比的高楼，那犬牙交错的街道，那色彩斑斓的车辆，仍在我的视线里或立或卧，或走或停，均以生动的姿态存在。向南，猛抬头，皋兰山巨牛一般僵卧着，硬硬遮挡了向南的一切物什。山的轮廓起起伏伏，自然而然成了天际线，却是那样的分明，一丝一缕也不含糊。往年六月，白日里曾多见的活泼的云朵，在山天衔接处，也是看不到的，不见丝毫踪影。倒是一颗两颗不甚明亮的星星，忽明忽灭，像是天顶下垂的电灯泡，特意来给孤独的皋兰山提前带来光亮。

物景变幻常常很快，一瞬间，夜色就深了、重了、沉了，皋兰山这几年人工栽植的绿树，变成了一个个小小的黑点，再接着，这些黑点儿相连起来，成了偌大的一片，至后来，连同那些白乎乎的裸崖，也成了黑糊糊的状貌。

这夜色中的皋兰山，尽现危乎高哉，依然须仰视，依然若泰山压顶之势，不由得我心悸气短，感觉这山似乎又比向晚时分增长了许多，又似乎兰州那些本来就狭小的河谷地带、城市街区以及楼宇堂馆，更加渺茫微小。

可能是山太庞大，极易掩弥物体，山里山外，一派寂寥，车声、人声、鸟声，一概无闻，就连有昼伏夜出习性的狗们，也是踪迹杳杳。偶尔的狗吠，可能是皋兰山住户的家狗，也可能是狗们苦于寂寞，一种率性释放胸臆的举动罢了。

有一年深冬，我入住皋兰山西端的龙保山庄。夜阑时刻，冰凉的雪花飘飘洒洒。雪颇大，不到半个小时，山头山峁已是皑皑气象。我爱雪花，一个人跑出去，在雪地里吭哧吭哧地来来去去走，身后是一串串深深浅浅的脚印。当走至山边沿时，放眼望去，整个皋兰山一袭素白，与上头乌沉沉的云幔，形成巨大反差。此刻的皋兰山顿失彪悍和粗犷，显现出极度的柔情蜜意。就在此时，我怦然心动，深深地爱上了皋兰山。

然而，哪怕雪花怎样烂漫，黄河不舍，已然漫漶，它从青海山岚荡来，从谷口拐弯，从安宁绕道，从铁桥下滑弋，从雁滩流通，从白银和会宁经过。黄河具体在什么方位与皋兰山幽会，实现兰州两大物景的第一次相逢，以至肌肤厮磨，又在何处黯然分开，不仅在那个风雪交加的午夜我不知悉，即使时过境迁，如今，我复立黄河之滨，仍不知晓。好在它点滴不影响我欣赏了皋兰山之后，再观赏黄河的痴迷之心。

我所处之地，是颇有名气的水车园。夜的深入，丝毫不约束古老水车的转动和汲水的速度。据《兰州志》载，汉前周后，兰州的农业已相当繁盛，水车林立于黄河两边，灌溉农田。隋以后，随着城市的逐渐扩大，农田日益减少，水车的轮子慢慢稀缺了，甚而至今，这种由明代兰州人段续发明的壮观水车，业已失去了初始的功能，只可供人们观赏和怀旧了。但是，水流如昔，遒劲有力，木轮滚滚，吼声似涛。伫立其下，方感世事多变，生活丰稔，黄河浩荡而不古。

兰州这一截黄河，宽度大体相仿，河床齐整有序，河面平滑如绸，具有静如处子、安闲适怡、平淡冲和的气质。

兰州无疑是黄河的杰作。黄河孕育了兰州，哺育了兰州，滋养了兰州。兰州这个地处大中华心脏部位的省会城市，1500 年前就享誉华夏和世界，虽历代农耕发达、商贾云集、人客络绎，虽张骞曾溯河而上、单于曾顺流而下，但总括起来是文风劲吹而历代不衰。你能说李白、杜甫、王昌龄、王之涣不曾挥就关于兰州的千古绝句吗？你能说红古出土的陶罐不曾书写兰州的史前文明吗？你能说极具争议而文采飞扬的炀帝巡视河西途中，不曾对兰州河心一只只游弋的羊皮筏连连发出褒谕吗？你能说左宗棠进疆之前，于兰州栽植的一行行柔柳不曾倾吐艺术之花吗？黄河的精神文化滋润的不仅仅是古人，贾平凹、余秋雨、雷达……这些当代文坛的大腕，仅仅在黄河边一逡巡一徜徉，思想的河湾就疏浚了，思维的梗阻就贯通了，衔接前人联系来者的辞章语句，犹如不竭之大河，浩浩荡荡，创作的灵感遽然而生，关于兰州的美文就出手了，就为国人惊讶、惊叹、惊奇了。

正缘于此，我每次来兰州，总要在黄河边上走一走，无论早晚，无论昼夜，更无论“亦无风雨亦无晴”了。唯如此，我才心满意足，灵魂仿佛得到安妥，像是纾难解忧，像是又一次约会了日思夜念的情侣。在我看来，只有亲临黄河之滨，行吟黄河之畔，才算到了兰州。而往来兰州，假若无暇，不能亲近黄河，我意识里马上觉得到达的地方不是真真切切的兰州，而是别个与此无关的地域，仿佛世间物事一下子变得恍恍惚惚、迷迷瞪瞪了。这情愫，这状况，一直要持续到下次亲昵黄河为此。

离开水车园，我散步至对岸，恰月亮打皋兰山低处爬了上来。这里是兰州黄河风情线的重要地段，有人亦打趣地叫其“情人路”。黄河堤岸，柳树婆娑，一对对小情侣出没其间。忽想起几句诗行：“今晚的月亮很圆／明亮的月光下／我拉着你的手／随便走走。”我乏浪漫，享受不到关于黄河的爱情，却能尽悟黄河风情。凝望不远处仍然黝黑的皋兰山，我释然地坐在河边卵石上。黄河水近在咫尺，丰沛的黄河水从容而不失匆忙，冰凉而不失亲切。阵阵暖风轻轻抚弄我的华发，掀动我的衣角，我心头再次一热。

（摘自《读者·乡土人文版》2013 年第 9 期）

兰州，别样的城

汪小平

一直以来，我们怀揣一个梦想，梦想我们的家乡兰州，我们古老的历史、璀璨的文化，为更多的祖国同胞关注。

从古到今，我们的父老乡亲，用我们的城市赋予的坚韧品格，勤苦劳作、沉实耕耘。长久以来，伴随着建设家乡，我们深深渴望，渴望今天的兰州，能在全世界发出自己的声音。

尽管深处内陆、雄踞高原，尽管更多时候，我们深沉而内敛，但我们从不曾中断满腔的热诚和期待。山高水远、天高云阔，比天空更深广比流水更长久的是我们敞开的胸怀。

黄河九曲回环，穿过古老的马家窑大地，流进兰州。大河穿城，天长日久，欲将这个河谷之城拉得悠长平缓，夹河而立的大山又欲将它变得跌宕起伏。如此雄阔的大起大落，注定我们的城市深藏不平常的经历，注定它不会被世人一览无遗。

兰州期望注目，更期望理解。我们期望世人理解它的神奇和独特，理解它的性情和表达。

固若金汤的“金城”，丝绸路上的军事重镇——漫长的金戈铁马史，使今天的兰州依然冷峻。但是，马家窑陶罐上，灵动的蛙纹正生出丰盈的子嗣；曾经芬芳过边塞的玫瑰，至今蕴藉优雅。兰州从不缺乏温暖的世情，兰州到处有精致和秀美。

大山矗立，静默不语；大河汤汤，柔情似水。父性与母性融合、雄奇与柔媚交汇。铁骨似金、婉约如兰，如果对这个城市生发情意，你便能时时处处感知这种气息；如果你深切地进入，便可确信，这世上，兰州独一无二。

独特的地理位置、险峻的地理形势，影响甚而造就了兰州的历史。公元 1872 年，在中国的西部要地，兰州制造局一开西部近代工业之先河，蓬勃发展的工业，使兰州成为中国近代西部工业的摇篮。新中国建设中，兰州石化肩负起共和国长子的重任，以“新中国第一座石油化工工业城”的角色，被推向社会主义建设历史舞台的前沿。

祖国版图的几何中心，南北之要冲、东西之咽喉，陇海、兰新、兰青、兰包及正在建设的兰渝五大铁路干线交会于兰州。得天独厚，兰州位居黄河上游经济中心和西陇海经济带重要的支撑

黄河母亲

点和辐射源。

源远流长的民族文化、黄河文化、丝路文化，交相辉映异彩纷呈，兰州，当之无愧成为甘肃华夏文明传承创新区的重要一员。而今，在开阔平坦，方圆 800 多平方公里的秦王川，兰州新区日新月异，这个中国最年轻的国家级新区，为未来的兰州、甘肃，乃至西部的发展开拓了巨大的空间。生机勃勃的新区、坚实丰厚的老城，二者互为补充，相得益彰，演绎着兰州新的神奇。

当“兰州”替代了“金城”,我们宁愿相信，因为兰州城南高耸入云的皋兰山上生长一种兰草——“每丛五六叶，叶窄于韭，长三四寸，开花如马兰而小，色蓝微紫。”——兰州因此而得名。在今天，我们愿意那种馥郁高洁、生机勃勃的兰草成为一种象征。

春天来了！没有哪里比我们兰州对春天的来临更加欢喜。在兰州，惊蛰几乎是带着地底虫豸觉醒的欢叫轰然而至的，厚重的黄土地上，第一粒嫩芽终于打破了漫漫长冬的冷冽和萧疏，四野的繁花竞相绽放，风软了，人们的脸生动了，兰州城明艳了。每一个如期而至的春天，都让兰州人心旌荡漾。春、夏、秋、冬，如此鲜明地呈现于大地，也将每一季的性情深深地渗进兰州人的骨血：隐忍、沉静、深情、热烈。要静就像大山和黄土地那般沉稳，要动就像西来的黄河那般浩荡。兰州不要暧昧和含混，你放眼看看，兰州的山河间，西北风多么酷烈、太阳多么耀眼、雨雪多么迅疾、花儿多么明研。如果这些还不足以让你感受兰州和兰州人的脾性，那就听听兰州人背冰上山、化冰种树的故事吧；或者去看看兰州人在如何披肝沥胆、地动山摇地在大锣大鼓中吼唱古今。——这样的城，这样的人，随时会迸发奇迹和惊喜。

若干年前的一天，几个外地朋友到兰州，大家在河畔饮酒闲话，直至深夜。白昼的喧嚣褪尽，黑色的大山在黑夜中绵延无边，河谷里长风浩荡，夜空群星璀璨。静谧中，只一河的大水喧腾不止，这是亘古既有的河，是养育了华夏文明的河。静默处，有人说：坐拥这样一个城池，何等幸福！这就是我们的兰州，你来了，你与她心意交汇了，她便毫不吝惜地送你大感动！

（摘自《新一代》2014 年第 8 期）

回乡记

许　锋

一

火车开过来了，停在夏官营。火车只停两分钟，等我们上车，找到座位，放下行李，向车窗外的亲人使劲挥手时，火车已徐徐开动并渐行渐远。我看见站台上送行的亲人追着火车跑，我的父亲和母亲泫然泪下，我的眼泪也扑簌簌地在风里乱飘。

那是 1975 年的一次迁徙。那时候的火车是绿皮的，时速六十公里，车轮与钢轨的磨合与撞击声清脆而响亮。我第一次坐火车，与亲人离别的悲伤很快被兴奋与好奇所代替，车厢里的乘客南来北往，嘈嘈切切地说着各自故乡的方言。

夏官营是榆中的一个乡，夏官营车站是榆中的火车站。车站很小，“级别”很低，快一点的车都不停。祖祖辈辈栖息于此的乡亲有的一辈子都没坐过火车。那时坐火车便意味着出远门，要去很远很远的地方，甚至是天南地北，海角天涯。一次别离，再见可能是几年后、十几年后、几十年后的事情。1985 年，我跟随父母返回故乡时已经从一个幼童长成少年。我们从东北上车，在北京中转，到夏官营下车，用了三天三夜再加三天三夜。不同的是十年前出行一路坐的是硬座，返回故乡时好不容易买到了硬卧。

夏官营车站位于陇海线上，前后两头牵着很多车站，朝西迎风而立，前头的大站是兰州，后头的大站是西安。我在兰州工作时也曾坐着火车回榆中，早上从兰州站上车，到夏官营站下车，换“招手停”到县城时已是中午。即便如此，每逢学生寒暑假和春节前后，火车票也是一票难求，眼见车厢门口站着人，厕所里挤着人，座位下面塞着人，行李架上睡着人，其情形犹如“叠罗汉”，人满为患。有时候人要从车窗进出，像一件包裹被人搡进去再被人推出来。

交通制约了故乡的发展。

我便盼望故乡通高铁。望眼欲穿之际故乡真的通了高铁，今年 7 月 9 日宝兰高铁开通，高铁途经故乡，站名叫榆中站，站址不在夏官营，在县城边上。母亲尝了鲜，她坐高铁去西安看望她的姑姑，从家里出发，十分钟到达高铁站，上了火车，一人一个座儿，不拥挤，不嘈杂，不颠簸，三个小时后到达西安，宛如平常一段歌，像平时随便走个亲戚那么简单。

2017 年暑期我回到兰州，专门去兰州西站乘坐高铁。高铁如卧倒的海豚蓄势待发。上了车我仍有些忐忑，似乎还在怀疑它是不是真的会驶向故乡。我想起四十年间一次次往来于故乡的经历和路径。高铁徐徐启动，眨眼间时速已是两百五十公里，可谓风驰电掣，故乡的山扑面而来，故乡的水扑面而来，故乡的田扑面而来，山花烂漫，树木葱茏……我拿着表掐算时间，五分钟、十分钟、十八分钟，火车如约而至，故乡到了。那天下着小雨，有些微微的冷，我出了车厢，走出站台，望着远处逶迤的群山，风扑面而来，雨扑面而来，我贪婪地嗅着来自故乡大地的气息，心潮起伏。

高铁的开通为故乡注入了一股鲜活的动力。故乡醒了。

二

那个村子叫许家窑，是我出生的地方。村子依山却不傍水。

村子以前没有井，只有一个洼，如一口炒菜的大锅。锅里的水是老天下的雨，老天下雨就有水，老天旱，锅就干了。

就算有水也是刚好漫过锅底儿。

锅没有盖子。天就是盖子。遇上沙尘天，大风吹起整个村庄

兰州水车

动物的粪便、细菌在风中孤魂野鬼似地游荡，落入锅里，锅里的水就脏了。一眼看去，那水是浑浊不堪的，还漂浮着什么东西。到了跟前，你低下头就能清晰地看见水里浮游的生物。你用一个水瓢划桨似的摆动，微生物时而聚合，时而分散，水会一时“清澈”起来，但水的本质不会发生丝毫的变化。二十年前，我曾蹲在“锅沿”边看锅里的水，我无法想象锅里的水被舀到真正的锅里然后进入人们的食道之后的结局。

不是乡亲不知道它脏，是没有选择。就那么一片“水泊”，你若讲卫生就等着渴死。

不是那里没有地下水，但打一口井需要很多钱，这钱没人掏得起。要是有一口真正的井，建个泵房，修个水塔，铺设通向各家各户的管道，乡亲们都能喝上自来水。

村子有路，但都是土路。阳光晴好时，乡亲走过，“噗嗤噗嗤”，脚下和身后冒起一缕一缕青烟，尘埃在阳光里萦绕盘旋，不停地往人的鼻孔里钻，呛得要命。下雨天路更难走，呱唧，一脚是泥，呱唧，又一脚还是泥，“土人”“泥腿子”便是乡亲形象的写照。

村子没有电灯，更没有路灯，天一擦黑，整个村子就仿佛进入了原始社会，阒静僻陋，烟火稀疏。

村子离县城十二公里。出了村子有一条路通往国道，原来也是土路，坑坑洼洼，后来铺了沙子，硬化了路面，却很窄，一辆车可以通行，两辆车会车时要靠边再靠边，小心再小心，两边是沟，搞不好会翻车。这点距离对于城里人算什么呢？一脚油门，几分钟的工夫，可对于乡亲便是一道鸿沟，是城与乡的一道坎儿，是贫与富的一道屏障。

我曾经很多次回到故乡，望着光秃秃的山，看着乡亲们的生活，不由得感慨，外面的世界变化这么快，日新月异，故乡怎么老是一潭死水，不变呢？

这一次回乡，我欣喜地看到铺路工人正在修理地基，准备铺路。有一段，冒着热气的沥青已经堆在路上。这是村口通往国道的路。

乡亲们早已不喝雨水，家家户户都通了水管子。我拧开水龙头，清澈冰凉的自来水哗啦啦地流淌。我在乡亲们的树上摘了一个苹果，用自来水洗净吃，和我在城里的厨房洗涤蔬菜水果一样方便、干净。

我也看见，一幢幢红砖瓦房拔地而起，很多乡亲的院子里停着卡车、小汽车、农用车。

一个晚辈说，到十月份，咱们村更会大变样。

故乡会变成什么样呢？

前几天，新当选的村民委员会主任许立东在微信里告诉我，在县政府的支持和乡亲们的努力下，“村村通”四点五米宽和“户户通”二点五米宽的水泥硬化路面已经修通，各家门口都安装了路灯，还建起了图书阅览室和群众文化室。生我养我的乡村不再是“白天不懂夜的黑”。

“你淡淡的乡愁会变成甜美的乡情”。村里正在筹建戏台。在几千里之外，我仿佛已经听到乡亲们正唱着秦腔，那高亢、粗犷、清丽、煽情的旋律在耳边经久地回响。

三

榆中县城离兰州几十公里。对故乡来说，这段距离仿佛是城与乡的分水岭。已经开通的高铁拉近了城乡之间的距离，正在逐渐抹平城与乡的差距，规划之中的兰州通往县城的地铁像一朵油菜花盛开在希望的田野上。

县城属于城中有乡，乡中有城。我回去的时候正是瓜果飘香的时节，白兰瓜、桃子、西瓜，不但好吃，特别甜，还特别便宜，一斤西瓜才几毛钱。乡亲们推着车，开着车，从田间地头拉着丰收的喜悦到县城叫卖，满街都是卖瓜、买瓜、抱瓜的人。应季的蔬菜青翠欲滴，乡下的亲戚到县城卖菜，路过母亲的住处时捎来土豆、辣椒、茄子、西红柿、豆角，一堆一堆的，够我们吃十天半月。

小城虽小，却有历史。秦始皇三十三年（前 214 年），嬴政派蒙恬到黄河流域“斥逐匈奴”，在黄河沿岸“因河为塞”，建立四十四县，榆中县即其中之一。

小城藏着宝，《四库全书》这个宝贝曾藏于小城。

《四库全书》是清乾隆皇帝组织编纂的中国历史上规模最大

的丛书，分经、史、子、集四部，故名四库。后《四库全书》奉旨总共缮写成七部，分藏各处。但在其成书后的两个多世纪中，世道常不太平，战乱频仍，灾祸连连，内忧外患，致《四库全书》命运多舛，屡遭劫难。20世纪60年代中期，文溯阁《四库全书》调拨甘肃省图书馆收藏。1971年，文溯阁《四库全书》由军队秘密押送至榆中县，存放于占地面积30亩，建筑面积2000多平方米的专库之中。

守护《四库全书》的人如今仍健在，住在县城一隅，离母亲的住处很近，叫刘永安。他清晰地记得在去省图书馆报到时老馆长亲口转述的周恩来总理说过的一番话，大意是，一座城市毁了，可以重建，但是《四库全书》毁了，就再也建不起来了。

对于《四库全书》的守护，组织上有纪律要求，《四库全书》是国宝，专库是保密之地，天机不可泄露。在很长一段时间里，刘永安的妻子不知道丈夫换了什么工作，具体工作内容是什么。有一次妻子去看望他，进了第一道大门，问刘永安你在这里干什么，他笑而不语。第二道门里就是《四库全书》，他没让妻子进去。

作为一名书生，刘永安何尝不想亲眼看到《四库全书》的真面目？他多次进入藏书的密室查看保管情况，嗅着那一个个楠木、樟木盒子散发的迷人的香，他格外陶醉，但他一次都没有打开过。

多少个日日夜夜，刘永安都是在专库工作与生活的。正是在刘永安等人的精心守护下，《四库全书》没有发现潮湿、发霉、长毛现象，也无虫蛀、指印、唾液等污染。

问起刘永安当时的感觉，他说了两个字：寂寞，又说了两个字：光荣。

暮色四合，华灯初上。我站在四楼的窗口端详自己的故乡，路在变，街道在变，建筑在变，环境在变，尤其是最近几年，越来越多的兰州人和外地人移居于此。福建福州人柯学仁落户榆中已经有好几年时间，他在榆中娶了妻子，生了孩子，办起一所中西医医院，帮助榆中乡亲解决“看病难”问题。为了保护榆中农村的生态环境，家弟花了五年时间几乎倾尽家财研发成功低温电磁力垃圾裂解系统，我眼见他节能环保科技公司里的工人将生活垃圾、塑料、橡胶、医疗垃圾等填入系统，瞬间处理得一干二净，没有黑烟扶摇直上，没有刺鼻的气味四处弥散，让留住乡村青山绿水不再困难。

榆中县政府的工作人员对我说，不信你看，三五年之后，咱们榆中就是兰州的“后花园”，会有越来越多的人到榆中安家落户。

小城在变，小城人在变，小城人的生活在变，但不变的是悠久的历史、文化和乡情，以及一城人对文化与一草一木的敬重。

岁月静好，而今迈步。

（摘自《人民日报·大地副刊》2017年11月20日）

作为机密的地图

葛剑雄

中国制作地图的历史不可谓不悠久。中国已经发现的最早的地图实物，是出土于甘肃天水放马滩的 7 幅绘于松木板上的地图。据鉴定，这些地图绘制于战国秦惠文王后期，即公元前 4 世纪后期。中国另外两幅著名的古地图是长沙马王堆出土的，绘在帛上，距今已有 2100 多年。

耐人寻味的是，这两幅地图都是从地下挖出来的，而留在地面的，只有北宋末年（公元 12 世纪初）刻在石碑上的地图，留传至今的纸质、绢质地图，基本都在元朝以后，而印刷制作的地图则年代更晚。像公元 3 世纪裴秀绘制的《禹贡地域图》等，早已不知所终了。

当然，地图不像书籍，识字的人都可以抄录。要复制一份地图，除了必要的材料和工具外，还得有一定的技艺。在印刷术还没有发明、无法印制地图时，地图的复制和保存比书籍要难得多。一旦原本损失，往往就再也无法恢复。不过，更重要的原因是，地图在中国从一开始就被当作权力象征和政治手段，因而成了统治者的专利。日常治理和开疆拓土离不开地图，裂土分疆或吞并归降也离不开地图。因此，不仅平民百姓与地图无缘，就是达官显贵私藏地图说不定也有谋反之嫌。明清的商旅指南一般只有文字。直到今天，普通地图上还不许画等高线，比例尺稍大些的地图就被列为“内部”或“机密”。

天水放马滩地图出土于墓中，墓主名丹。据考证，此人有很高的文化素养和广博的知识，还参加过秦伐赵取义渠的战役。长沙马王堆的墓主是一位侯爵，两幅地图的内容都与他担任过的军政职务有关。

再查一下中国地图史，原来，古代使用地图的都是皇帝、文武大臣、外交官。据说象征“九州”的九个鼎上都铸着各州的地图——当然，那是给天子看的。苏秦游说赵王时，曾用地图证明诸侯国的面积合起来是秦国的 5 倍。蔺相如应秦王之邀拿和氏璧去换秦国十五城时，秦王曾拿出地图指点。淮南王劝汉武帝不要对闽越用兵时，曾用地图上的距离来说明两地的实际距离很远。汉朝皇帝分封子弟时，都先在地图上划定国界。著名的地图学家裴秀是西晋的高官司空，而另一位贾耽则是唐朝的丞相，还当过鸿胪寺卿，负责接待外国使者。

总之，地图与平民百姓无缘。即使到了明清以后，至多增加个别读书人，但一般只限于画画历史地图，例如给《诗经》《左传》配一配地图。或者是修地方志时，根据旧地图改绘一张示意性的地图。

另一方面，自古以来，发达的文字也使中国学者更善于或乐于用文字来描绘地理环境，而不是借助地图。古代著名的地理学家，即使有机会周游各地、投身异域、远涉重洋，一般也都是用文字来记述，而不是用地图来描绘。明代的徐霞客、王士性都游过半个中国，传神地记录了大量自然、人文景观，但还没有听说他们画了地图，或许他们也根本看不到高质量的地图。

（摘自《读者·校园版》2016 年第 21 期）

铜奔马的疑阵

毕淑敏

铜奔马是我国的旅游标志，也是甘肃武威的市徽。这匹足下踩着鸟的铜马，最初叫“马踏飞燕”。记得“文化大革命”中，我是在西藏雪峰的空旷地上，从慰问解放军的电影里，第一次认识这匹马的。

这匹马轰动过世界。一位美国学者曾询问：“这匹马是地震摇撼出来的？是洪水冲刷出来的？是暴力主义者强挖出来的？是文物工作者保存下来的？”

到了武威，自然想去看铜奔马出土的地方。

1969 年，到处在深挖洞。在武威城北 1 公里处，有一座高 8

米、长 100 多米、宽 60 米的长方形夯筑土台。台上建有雷祖观，故名雷台。挖地道的人掘出了一座东汉晚期的大型砖室墓。

我们沿幽暗冷寂的墓道沉进墓穴，有汉代的风在脖子后面飕飕掠过。满身的热汗倏地缩回去，终于走到蒙古包一样的拱形墓室。一块块青灰色的汉砖，在昏黄的灯光下，显出宁静幽远的坚固。也许因不见天日的缘故，砖像青萝卜一样新鲜，敲弹起来当当作响，仿佛含有金属的颗粒。“这种汉砖，每平方厘米可以承受 500 公斤以上的压力；而我们仿制的砖，承重不到 200 公斤压力就碎了。”主人指着一块新砖说。相比之下，现代人的产品像伪币一样菲薄。

“这古砖是用武威的土烧的吗？也许是从外地运来的呢！”我问，想起现时的贵人们常用舶来品，若是后世的考古学家以为这是寻常百姓家也能享有的玩意儿，岂不带来学问上的不严谨？从这墓穴的规模看，死者生前显赫。

“化验过了，这就是用的我们的土。两千年过去了，我们还烧不出老祖宗烧过的砖。”主人长叹一声。

在墓穴的穹隆上，有一块脸盆大小的不规则区域，被色泽浅淡的新砖填塞着。主人介绍：“这是盗墓者留下的痕迹，我们修补了。但是很奇怪，墓内的随葬品保存完好。我们推测，也许盗墓贼刚挖开洞穴，便发生了一件不可琢磨的意外，他匆匆掩住破口就离开了，但永远没有再次打开。”

想想在一个月黑风高的夜晚，这里曾发生过谁也无法知晓的恐怖故事，墓室的灯火也摇曳起来。

墓穴很干燥，没有特殊的异味。遗骸是一罐烧焦的骨殖，其中还有一段未经焚化的羊腿骨。

这是怎么回事？我们都极感兴趣。

向导说，这是考古界争论不休的难题，涉及学术，不可妄谈。他讲了一段野史，汉代凉州有一家要添丁了，算命瞎子对他们说：“第一，你家要添一个男孩，这个孩子将来会成为凉州刺史。第二，这孩子生于这座楼上，也将死于这座楼上。第三，他将被烧死。”

我觉得不管灵验与否，这瞎子还是很大无畏的，敢说好话，也敢说歹话。

后来，这家的女人果然在高楼上产下一子，长大后弑主自立，成为不可一世的凉州刺史。刺史对占卜之话笃信不疑，特命照他家的楼阁烧了一座陶楼，置于早已修好的墓穴之中。后来，因为他拥兵反叛，遭人征伐，自焚于那座楼阁之上。占卜之人的三条预言都惊人地应验了。

汉代兴厚殓，所以他死后还是享有了非凡的排场。骨殖已烧得不完全，尽孝道的后人便补进一块羊骨。那座陶楼也完整地保存下来了。毕竟是做过刺史的人，陪葬物中，除了金、银、铜、玉等珍宝外，还有 99 件精致的铜车马武士仪仗俑。率队驰骋的，就是举世闻名的铜奔马。

这故事几乎天衣无缝。在凄冷的古墓中听这残酷而又带有宿命色彩的解释，生出人生无常的悲凉。

还是来看美丽的铜奔马吧！它昂首嘶鸣，风驰电掣。要在绘画中表现马的神速并不难，只须添些翻卷的云霓就行了。比如飞天脚下的飘带，曲曲折折，便显出无限的高度与速度。然而在铜坯上制造这种扶摇临风的英姿，十分困难。那位敢于犯上作乱的刺史手下的能工巧匠，把支撑马体全身重量的右后足放到了一只鸟上，既表示其奔腾的速度超过飞鸟，又巧妙地利用飞鸟的躯体，扩大了着地面积，保持了奔马的稳定。

将近两千年后，这位聪慧工匠的子孙们，开始复制这一杰出的工艺品（它可以换回高额外汇）。但仿制的铜马无法站立，在柔软的红丝绒上，它们毫无例外地栽向一侧。技术人员做了许多实验，进行了繁杂的计算，终于使现代的铜奔马同老祖宗的铜奔马一样，也能取凌空之势了。今人们因此得了科技成果奖，我想，这个奖应颁给两千年前那位无名的工匠。

铜奔马率领的仪仗队披一身凛冽的清光，肃穆地布列于墓室之中，仿佛有“车辚辚、马萧萧”之声传来。

“这是按照我们的方案布列的。”主人说。

难道还有什么另外的方案吗?”由不得人不追问。

有啊！日本人的布阵法、美国人的、欧洲人的，各有各的高招儿。”

这 99 件铜兵马俑，仿佛一把凌乱的军棋子。除了铜奔马率先没有疑义外，其余的棋子被随心所欲地组合。

“那么，最初发现时是怎样布阵的呢？

没有人记得了。当时正在战备，挖到这个墓坑，大伙儿找来一个大筐，七手八脚地往筐里捡文物，像地里收山药蛋似的。旁边蹲着一个会计，拿个小本记着：铜人一个、铜马一匹……

又是一个千古之谜！铜兵马们原来是井然有序的，它们携带着两千年前的一种思维、一种文化、一种风格，是有机的整体。现在牌被打乱了，黄白皮肤的学者都在洗这把被打乱了的牌，彼此争论不休。

丹麦的赛马协会主席曾写信说，我们专门买了铜奔马的复制品，以奖给每年获胜的欧洲冠军。他还说，这匹马的姿势，不是“奔马”，而是“跃行马”，走对侧步，速度更快。

两千年前那位篡权的凉州刺史，大概绝对没有想到他的死、他的砖、他的铜马构成了这许多难以破译的密码。只有造成铜奔马阵之谜的原因我们知晓，那就是——愚昧。

（摘自湖南文艺出版社《人生终要有一场触及灵魂的旅行》一书）

尕海湖：神灵驻守的湖泊

窦 贤

藏族人崇山敬水，那些镶嵌在高原之上的湖泊，就像天神赐给大地的蓝宝石，在阳光的照耀下熠熠生辉。

到达尕海湖边时已经是下午了。

此时西边的阳光如无数支密箭一样射下来，弥漫在我们的周围。当炽烈的阳光开始透出一片片橘红色的光芒时，我们才意识到，自己是站在尕海湖边了。

尕海湖，从草原深处流出

我们站在甘肃省甘南藏族自治州碌曲县通往玛曲县的大路上，路东边是一片湖，路西边是一片草原。草原无垠，湖水无际，尕海湖从草原深处流出，洋溢出一片汪洋，一直荡漾到东方的云彩边。如果不是这条通向玛曲的大路，谁也无法分清草原与尕海湖的界限。一片片浮出水面的草滩，像一条条绿色的带子漂浮在湖面上，而水面又被分割成一条条青色的带子。青色与绿色相互夹杂的湖面在广阔而单调的天际下面，顿时就丰富生动起来。如果再走近一些，还可以看见一片一片黄色、紫色和淡蓝色的小花，点缀在那条条绿色的飘带上，那一条条绿色的飘带就又成了一条条色彩缤纷的花布，在湖面上漂荡。

来自西边的阳光色彩越来越浓，那些漂荡在湖面上的色彩缤纷的草带的颜色也逐渐深了起来，而相间着的青色的带子却光彩夺目起来，水面上迸射着银色的光芒，与天空流泻下来的橘色光芒交织在一起，溅射出一片金碧辉煌。

面对如此浩瀚的湖面，我有些疑惑，便问诗人阿尚："这是尕海湖吗？这怎么能叫尕海呢？尕海就是小小的海嘛，这应该叫大海！"

阿尚看着我，半天才说："怎么是小小的海？我阿爷说这海有一万亩大，我阿爸跑死了六匹马也没有跑完尕海一圈。"

阿尚就是在甘南卓尼草原上长大的，有了阿尚，甘南草原就好像是我们的家一样了。

天神赐给大地一颗蓝宝石

藏族人崇山敬水，因为高大的雪山冰清玉洁，是神灵居住的圣地。而那些镶嵌在高原之上的湖泊，就像天神赐给大地的蓝宝石，在阳光的照耀下熠熠生辉。

在甘南藏族人的心目中，尕海湖就是最美的一颗蓝宝石。

在尕海湖边，不时可以看见那些磕长头的藏族同胞，身影里充溢着坚定与执着，叩向大地的是一颗颗虔诚的心。他们多是从遥远的地方而来，从走出自己家门的第一步便俯下身去，磕头、跪拜，一步一步走向圣湖，无论风霜雨雪还是烈日炎炎，都不会改变他们的方向，也不会动摇他们的决心。在那一起一伏之间，心中荡漾的该是怎样的虔诚与快乐啊！

回来的路上，从湖边草地走来一位手持经轮的阿妈，她一边走一边转动着手中的经轮，一边诵经。我赶紧迎上去，但阿妈好像没有看见我一样，径自向前走去。

诵经声渐渐远去了，飘荡在尕海湖的湖面上空，我顿时觉得尕海湖的湖水清亮洁净了许多，或者说尕海湖圣洁的水正洗涤着我的灵魂。

诗人阿尚显然是被尕海湖触动了诗情，口中的喃喃声渐渐大了起来——

湖水在远方，

草原在远方，

牧羊的姑娘也走向远方……

阿尚眯着眼睛眺望远方，好像目送着他的牧羊姑娘离他而去。

祥鸟之翼轻舞于湖面之上

尕海湖被当地的百姓敬为神湖，不只是因为那如蓝宝石一样的湖水，更因为尕海湖是祥鸟云集之地。虔心于佛教的藏族牧人，几乎在生命的所有季节，都行走在广阔无垠的草原上。草原是辽阔的，有时还会有些许的孤独不期而至，而在此时，天空有鸟飞过，盘旋在牧人的上空，让牧人的天空色彩流动，让牧人的世界生动丰富。

所以，那鸟就是吉祥的使者，鸟的飞临便是吉祥的来临。而位于海拔三千多米的草原深处的尕海湖，正是彩蝶的王国、祥鸟的天堂，尤其在候鸟迁徙的季节，白天鹅、灰鹤、黑鹳、大白鹭、苍鹭、雁鸭等都会飞到这里栖息。有如此之多的祥鸟飞临，尕海湖自然就被当地牧人敬为神湖。

我们到来时已近秋天，无缘在彩蝶的王国见到成群的蝴蝶翩翩飞舞，却有天鹅从草原的深处飞至。此时夕阳如火，翱翔在我们头顶的天鹅好像燃烧着从天空划过，那迸射夕阳的西边天际便如同一片橘红色的锦缎被撕裂，然后化做一片燃烧的火焰。

而湖畔上，几只红嘴黑鹤正迈着长腿在徜徉，一派优雅高贵的姿态。在藏族牧人的心目中，鹤是神仙的化身，是祥瑞和美的象征。我们无语，任天降的祥瑞沐浴着我们的心灵。在前方的湖面上，一群黑色的水鸟展翅而飞，长长的羽翼掠过湖面，飞向更远的天边。

面对神灵驻守的湖泊，心如止水

夕阳染红了高远的天空。

尕海湖在夕阳里闪烁着金色的光芒，波光荡漾，一直荡漾至无边无际的远方。这种景象让尕海湖显得空空荡荡，让站在尕海湖边的我们显得渺小如湖畔的一根草。

尕海湖所在的地域，藏族同胞称之为“措宁”，藏语中的“措宁”就是“牦牛走来走去的地方”。此时，面对空空荡荡的尕海湖，我正疑惑那成群的牦牛在什么地方，忽听到背后一阵如同山峰倒塌的声音，亦像山洪来临的声响。我心里一惊，赶紧回头看，只见一群黑色的牦牛从我们右边的草原冲过来，那简直就是一个黑色的军阵，从草原的深处驰来，驰过辽阔的草原，奔向尕海湖。

这群黑色的牦牛从一条草甸冲进了尕海湖的水中，平静的湖面像被一箭刺破，一阵惊心动魄的溅响“哗哗”涌过，被撕裂的水面向湖心涌去，起伏在如血的夕阳里。

深邃而旷远的湖水吸纳了“哗哗”的溅响，吸纳了被撕裂的水面。

被搅散的夕阳渐渐平静下来，用温柔的目光注视着草原、湖泊和那一群牦牛，还有长久地立于湖畔的我们这些行者。

那群牦牛进入湖中后，湖水并不深，只没到牦牛的腿部。在广阔无际的湖水中，刚才还在狂奔中雄性十足的牦牛，正披着一身光滑柔顺的长毛，在湖水中漫游。远远望去，如同一艘艘接受检阅的舰船。

这草原和湖泊属于他们和它们

牦牛后面，走来五个藏族小男孩，十一二岁的样子。他们的头发有些乱，脸颊上的皮肤有一些紫红，穿戴和汉族孩子并无两样，但不懂汉语。他们是附近草原上牧民的孩子，放学后结伴回牧场。阿尚想问他们一些话，但是几个孩子对他的问话似乎并不感兴趣，转过来看我手中的相机。有一个个头稍高的孩子甚至伸过手来要抓相机，我递给他，其他的孩子一片欢呼。我用手比画着教那大点的孩子看取景器、按快门。那孩子一教就会，便接连拍了几张，其他的孩子也一个个拿在手中试了试，并不断地按快门，结果一卷胶卷很快就拍完了。

孩子们脸上灿烂的笑容比浪费那一卷胶卷更让我兴奋，我还想再装一个胶卷让他们继续玩一玩，旁边的阿尚大笑：“他们只是想听快门的响声，连景都不取，并不是为了照相啊！”

几个孩子举手说“再见”的时候，我给他们照了一张相。

牦牛在湖水里不知待了多长时间，开始回到草地上。草地如湖水一样平静，牦牛们的悠闲如城市中的闲人们在草坪上漫步。牦牛们有的啃嚼青草，有的在互相拱蹭。

夕阳西下，天色慢慢黑了，但牦牛们似乎并不在乎，依然优哉，不知归圈。

一个藏族妇女带着一个五六岁的小孩子，从东边的草地走向牦牛群。我们到跟前问话，那女子只是笑，或许她根本就听不懂我的话。小孩紧偎着母亲，用陌生的目光盯着我们。我们没有带其他东西，就从背包里掏出一瓶绿茶送给他，那小孩虽然躲着，却有想接受的意思。母亲牵着小孩，走向牦牛群，但并不吆喝驱赶牦牛归圈，甚至连她自己也没有要回家的意思。

或许，这草地和湖泊本身就是他们和它们的家了，他们和它们本来就在自己的家里，这草原和湖泊本来就属于他们和它们。

当我们离开尕海湖走过一片高地时，回头一望，西边的万丈光芒冲破云层刺向尕海湖上面的天空，尕海湖的水面被染得鲜红夺目。

（摘自《读者·乡土人文版》2006年第7期）

从敦煌到嘉峪关

阿　成

上次去敦煌，我走的路线是，乘中巴翻过祁连山，走张掖，出嘉峪关，奔敦煌。记得当年古代的将士出了关以后，要向关内投石子，如果发出“叽叽”的声音，则喻示自己可以生还。我们几个人也如法炮制了一番：叽叽复叽叽，心情很好。遥想当年，张骞以汉朝使者的身份率堂邑氏奴甘父等 100 余人出使西域，历尽艰难苦辛，前后花了 13 年的时间，开通了一条通往西域的道路，自此，“西北国始通汉矣”——张骞走的就是这条路线。

这次不同，我们是坐火车直接到敦煌，然后再进嘉峪关，一出一进，两种姿态，两种感觉。不过，坐火车到敦煌需要一天一宿的运行，这是近年来我坐火车时间最长的一次，好在沿着河西走廊走的这一路上有黄河做伴，有古长城同行，倒也不觉得怎样的寂寞。车厢里的旅客大多是新疆人和甘肃人，同根同族，异乡异客。对面那个西部女子，像是在瞪着眼睛直盯盯地看着你，红红的脸蛋，锈色的牙齿，一口浓重的当地话，常常让人不知所云。到了敦煌火车站已经是晚上 9 点多了。

“敦煌”这个车站原来叫“柳原”，由于到敦煌来的人经常错“柳原”而过，下错车，便改了这个站名。听说，这一带依然缺水，饮用水都是用火车从疏勒河拉过来的，每一吨要卖 12 块钱的高价。水，在这里是“生命”的同义词。

从敦煌火车站去敦煌市内还有很长的一段路，我们借机可以领略一下河西走廊八百里黑色戈壁的风貌。大巴在黑色的戈壁上行驶，东边那轮悬在大漠上的金黄圆月陪着我们一路同行。在公路两边的戈壁上，隐约可见零星的红柳和无处不在的骆驼刺。据说，这里的野生骆驼只有 40 多头了。可恨的偷猎者哟。

河西走廊不仅在地理位置上姿态非凡，在军事历史上更是举足轻重。千百年来，这条“走廊”充满着血腥、欲望、金钱、自然灾害和战争。所以，当你进入河西走廊时，在宁静的月色中，你会听到苦难的边塞人呐喊的声浪——这就是历史的回声呵。

第二天的中午饭是地方特色小吃——哨子面。据“地导”介绍，吃哨子面时，当地人都是蹲在凳子上吃的，捞面的时候，人在凳子上一站一蹲，这样子把面捞到碗里。这种哨子面像筷子那么粗，猛吸到嘴里会发出一种哨子声，故称“哨子面”。于是，我率先垂范，蹲在凳子上，一站一蹲把面捞到碗里，之后开始猛吸面条，真的是发出了那种哨子声。但是，由于吸力过猛，表演过度，心脏不行了，坐下来直喘，让站在一旁的服务员觉得十分有趣儿。

在去玉门关的途中，自然会想起那首古诗：“黄河远上白云间，一片孤城万仞山。羌笛何须怨杨柳，春风不度玉门关。”是啊，历史中的玉门关，驼铃、马队、旅人、蓝眼使者，来来往往，并不寂寞。只是我们的中巴路过玉门关时，实际上只是一种瞭望的姿态——玉门关早已废掉成为历史的遗迹了。

当年，玉门关有许多美丽的传说，据说许多入关人一路上骑着骆驼走得好好的，可是一进了关，骆驼便开始口吐白沫，因未祭拜关神之故也。于是，入关人把从外地带回来的最好的玉贴在城墙上，便不再有类似的情况发生，“玉门关”便因此得名。

我们看到了路边的左公柳。据说，左宗棠曾在这里大力提倡种柳树，这些柳树于是被后人称之为“左公柳”。20 世纪 50 年代最早到这里支边的青年人，到这荒漠上要做的第一件事，就是每人都要植活一棵树——这是规定，类似当年左宗棠的做法。说起来，在干旱少雨的大戈壁上种树是何等的困难，但规定说，如果种不活还要补种，直到成活为止。为此他们算了一笔账，种活一棵树大约需要 45 元，而当年二级工的月工资才 38 元。睹物思人，从这些树边经过，无论如何要举手敬礼的哟。

嘉峪雄关

敦煌虽是小城，但位于甘肃、青海、新疆三省区的交汇点上，南枕气势雄伟的祁连山，西接沙潮无垠的塔克拉玛干大沙漠，北靠嶙峋蛇曲的北塞山，东峙峰岩突兀的三危山，气概大焉。只是年降雨量只有可怜的 39.9 毫米，而蒸发量却高达 2400 毫米。这么干燥，真要命啊，太渴了。

“敦者，大也；煌者，盛也”——大哉敦煌就要到了。古时，敦煌之鸣沙山又称莫高山，山下有莫高乡，“敦煌”一名则由莫高山、莫高乡演变而来，而蜚声中外的千佛洞就在莫高山下。只是，这些地方我都来过了，也写过了，没必要再叙莫高窟、鸣沙山和月牙泉了。不过，当我骑着骆驼走在鸣沙山的山梁上时，心情是非常复杂的。我知道，这里曾经是水草丰美的地方，而今我们却来游览它的荒凉和那个珍泉的神奇，心情很矛盾，但又无能为力，自然就是自然，或许古人从没想到过大自然一直在控制着我们，威慑着我们，改变着我们。

又见嘉峪关了。既然过去来过了，便一个人坐在关下那个露天茶肆喝茶，茶饵是几枚“李广杏”。传说此杏是从天而降，甘甜可口，士兵们都抢着吃，飞将军李广忍不住也吃了一口，“李广杏”从此千秋。传说若此，同行的作家和画家们又开始大肆购买“李广杏”了。在关下喝茶，想很多，李广曾在 40 余年的时间里和匈奴打过大小 7000 余战，名扬塞外，被誉为“飞将军”。可是没想到，他却在武帝元狩四年（前 119 年）悲愤自杀了，这到底是人格的悲剧还是汉代的悲剧呢？可怜的老将军哟。我望着祁连山上的城隘，望着积雪的紫色南山，心想，谁会想到，嘉峪关下居然有一个异乡客在替古人担忧呢?

王维诗云：“渭城朝雨浥轻尘，客舍青青柳色新。劝君更尽一杯酒，西出阳关无故人。”阳关，因位在玉门关之阳而得名。高僧玄奘从印度取经回国，走的就是这条丝绸南道，东入阳关，然后返回长安。当年有这样一个顺口溜：“一出嘉峪关，两眼泪汪汪。向前看戈壁滩，向后看鬼门关。”记得曾经为刘家天下震服诸国的班超，在他的《求代还书》中，曾请求皇帝：“臣不敢望到酒泉郡，但愿生入玉门关。”玉门关就在嘉峪关的西北，可是班超觉得，如果自己能够活着进入玉门关就十分满足了。说来，在基层当个干部也不容易呀。历史上到过嘉峪关的还有很多名人，张大千，林则徐，等等等等。一路上，他们像我们一样领略了碎石铺就的戈壁，布满了芨芨草和骆驼刺的荒滩，体验了“九沟十八坡，三步上来两步梭”的那种滋味……茶馆的小女孩喊我到屋里去喝茶，说外面的风太大了。的确，外面的风很大，也很硬，她或许想不到，我要的恰恰就是这种体验呵。

（摘自《人民日报·海外版》2009 年 1 月 14 日）

大美甘州

周 步

甘州的历史不算短暂，两千余岁。甘州与凉州、肃州、沙州同庚，属河西四郡。河西四郡唯凉州独大，名气也最大，盖其原因，是沾了“大凉州”的光。凉州最大时，地域范围包括整个河西走廊和甘肃、青海、宁夏、陕西的一些地方，所以历史上有“大凉州”一说。有的史书上把姜维、马超、董卓说成是凉州人，也不无道理。但甘州从来不甘落后，甘州以其一州之力，与大凉州相依相伴数千年，最后落得个甘凉古道“金张掖”的美誉，也算是个不小的胜利。

大美甘州。

甘州之美，美在它的物产丰富和土地肥沃。甘州是河西走廊物产最丰富的一片绿洲。它南依祁连雪山，北走居延古牧，东接焉支草原，西邻临泽湿地。甘州种植中原的水稻、玉米等作物，也出产西域的胡麻、孜然等物种。甘州是黄河以西唯一能够种植大米的地方。大米是南方的特产，在北方，凡是能够出产大米的地方，都有“塞上江南”之美名，甘州更有“金张掖”之誉。金者，尊贵也，在名字之前冠以“金”的地方实在不多，可见甘州之富庶。

甘州有弱水（黑河）。弱水，这条从《山海经》里一直流淌到现在的河流，后经红楼梦里的那个大帅哥一句“弱水三千，我只取一瓢饮”的释义而搞得人皆尽知。八百里弱水，滋润得甘州像一朵盛开的花蕾。

甘州之美，美在它的景色优美。甘州景色之美，也如同江南水乡的景色之美，美在一个“绿”字上。绿是江南的主色调，也是美的主旋律，有绿的地方就有美，有美的地方必有绿。“绿树村边合”、“秦桑低绿枝”、“春风又绿江南岸”、“春来江水绿如蓝”等等，都是描写江南水乡绿色之美的诗句，甘州也是。但甘州的绿色之美有别于江南水乡的绿色之美：“绿荫丛处麦毵毵，竟见芦花水一湾。不望祁连山顶雪，错将张掖认江南。”这首民国罗家伦先生的诗句，仅此数语，就把甘州城市麦苗与芦花连成一片、白雪与绿草相映成辉的塞上江南美景淋漓尽致地描绘出来。

甘州之美，还美在她的雄奇奔放和大气磅礴的迥然之美。甘州城东南一百公里的山丹马场和肃南、临泽等地的丹霞地貌，实在是中国最好的旅游胜地之一。那万马奔腾的气势，那天地动荡的场面，那牧草连天的风光，那绿草如茵的美景，无不让你惊叹和神往。而那恢宏厚重、色彩绚烂的丹霞地貌，简直就是一个鬼斧神工的五彩世界。如果你置身其间，你有的不仅仅是陶醉，你会被这个发育于侏罗纪至第三纪的色彩斑斓的人间仙境感动，要么沉默，要么狂想……

甘州是佛教传入中国最早的城市，也是西北地区佛教文化积淀最为深厚的一座城市。

甘州有国内最大的室内泥塑卧佛和用真金书写的绝世经卷。在这座城市里，有关佛经、佛法、佛教的故事，真可谓举不胜举。据传，元始祖忽必烈生于此地。甘州大佛寺还是西夏国的皇家寺院，所以甘州又名“佛城”。这座城市有“一城芦苇，半城塔”之称。一个佛声塔影里的城市，她的人们是多么的平和、安宁和幸福。

甘州，中华大地上的一块璀璨宝石。

甘州，祖国歌声里的一个亮丽音符。

甘州不是那种歌喉婉转的城市，但她的歌声却在大唐的宫廷里响起，于是便有了《甘州大曲》。

甘州不是那种才华横溢的城市，一个叫柳三变的南国才子，却把她吟哦得一咏三叹，天下皆知，于是便有了《八声甘州》。

甘州，从来就不是战争的城市，所以甘州的大地上没有太多的英雄事迹让我们去凭吊怀古。甘州是平安的，一个平安的城市多么令人羡慕!

甘州从来就是一个有品位的城市，一个有品位的城市，怎么能和沆瀣为伍？所以甘州的土地上，没有出现一个像样的土匪。

甘州，一座有两千余年历史的文化名城，所以甘州的名字，一直排在中国的前头。

甘州，一座有四千余年历史的稼穑城市，所以甘州的农业水准，至今全国一流。

大美啊，我的甘州!

（摘自《文学月刊》2012 年第 11 期）

白兰瓜

毕淑敏

听说我要西行，所有朋友第一个反应都是："你可以吃到白兰瓜了!"

北京的街头也常见到白兰瓜，并不白，像个磕碰过的篮球，也不甜，带有青草的气息。不过，这并不影响我对白兰瓜的仰慕希冀之情。城市是个坏地方，能让所有带有乡土气息的东西走味。

兰州果真是白兰瓜的大本营，十步之内，必有瓜阵。白的如同一张张女儿面，黄的像金牌一样灿烂，据说黄色的白兰瓜叫"黄河蜜"，是改良品种。我们馋馋地想：黄出于白而胜于白，想必更甜。

西北人出手大方，刚住下就给每人发三个白兰瓜。

堆在一起，依然一座瓜山。

“先杀哪一个?”大家摩拳擦掌。

“一样宰一个吧!”

刀锋倾斜着刺入，浓郁的香气沿着刀柄湍湍流出，光凭味道，就知道同北京街头的“赝品”不同。每人抢一块，吞进嘴里，像喝粥似的往下咽。

向导笑眯眯地看着大家的贪婪，很为家乡的特产自豪。西北方言形容这种吃的局面，叫做“吃了不言传!”终于有人言传了:“闹了半天，白兰瓜也不过如此嘛!”

“比黄瓜也强不到哪儿去！真是空有其名!”更多的人附和。

向导的脸色难看了，忙解释：“今年雨水多……”

平心而论，白兰瓜真是盛名之下，其实难副，闻着还可以，尝尝却不甜。

白兰瓜原籍美国，1944 年美国土壤学家和水土保持专家罗德民趁美国副总统访问兰州的机会，托他把“蜜露”甜瓜种带到中国。“蜜露”移居中国后，改名“白兰”，现在已成为甘肃特产。

一路西行，哪里都要款待白兰瓜。刚开始还总想给白兰瓜恢复名誉的机会，心想兰州的瓜不甜，别处的可能甜，然而总是失望，哪儿的白兰瓜都不甜。后来就连尝的兴趣也没有了，除非渴极了，拿它顶水喝。

辜负了我的信任与渴望的白兰瓜啊!

“到嘉峪关就有好瓜吃了，那儿正在举办瓜节。”向导为大家打气。总想给家乡的瓜正名。

只知道嘉峪关是长城的一端，不知道它还是瓜的盛市。西北各省市的瓜，像陨石雨似的降落在小城，满载的瓜车还在源源不断地涌入。前面一个急转弯，几个硕大的甜瓜被车甩了下来，摔碎的瓜把香气像手榴弹似的烟雾塞满街道。真担心这么多瓜，吃不完可怎么办。

瓜节隆重开幕了。白兰瓜形状的氢气球飘浮在碧蓝的天空，远处是银箔似的祁连雪峰。孩子们头上戴着白兰瓜形的帽子，街上的社火队打扮成瓜的模样……真是一个瓜的世界。

张老作为瓜节贵宾，被邀上主席台。美丽的迎宾小姐敬上一个扎着红绸带的白兰瓜，好像瓜也有精灵，像东北的人参娃娃似的，不系住就会跑掉。散会后， 我紧忙跳进张老的房间，想先尝为快，别处的瓜不甜，瓜节上瓜王还能不甜吗？没想到，张老摊着两手说：“忘了把瓜带回来了！”

唉！于是想，美丽的迎宾小姐也许会把瓜送来。痴等了许久，才想到女孩并不知道瓜是谁丢的，况且这里瓜极多的，人们并不会格外珍重这个瓜的。

没有吃到瓜王，其他的瓜仍旧不甜。向导为了给白兰瓜平反，一个个地杀，狼藉一片。我们忙说挺甜，这个就不错了别杀了！

向导拈起一块尝尝，说："怎么瓜节上的瓜也不甜？不要紧，到了安西，就能吃到好瓜了。"

过安西时，正是午后沙漠上最热最寂寞的时光。黑蓝色的柏油路蛇蜕似的蜿蜒着，天空中弥漫着看不见却无处不在的尘埃，仿佛一杯混浊的溶液。太阳在空中发出幽蓝色的光，却丝毫不减其炙烤大地的威力。铁壳面包车成了真正的面包炉。我们关上车窗，是令人窒息的闷热，打开车窗，火焰般的漠风旋涡般地卷来。口唇皲裂，眼球粗糙地在眼眶里转动，全身像烤鱼片似的干燥无力。

突然，在大漠与公路相切的边缘，出现了一个木乃伊似的老人。地上铺一块羊皮，上面孤零零地垛着一小堆瓜。他出现得那样突兀，完全没有从小黑点到人形轮廓这样一个显示过程，仿佛被一只巨手眨眼间贴到苍黄的背景上。也许是因为他同大漠的色泽太一致了。

司机停下车说："就买他的瓜吧！""瓜甜吗？"我们习惯地问。卖瓜的人没有说瓜不甜的，但老人慢吞吞地回答："这里是安西呀!"

安西的瓜就一定甜吗？安西就是白兰瓜的"免疫合格证"吗？国优、部优产品还有假的呢，世界上徒有虚名的事情太多了！

因为别无选择，我们买了老汉的瓜，记得狠狠砍了砍价。老人树根一样的脸上没有表情，算是同意了。极便宜的价钱。

安西的白兰瓜外观上毫无特色，第一口抿到嘴里，竟然是咸的！过了片刻，才分辨出那其实不是咸，而是一种浓烈的甜。甜到极处便是蜇人的痛，嘴角、舌尖都甜得麻酥酥的，仿佛被胶粘住了。抓过瓜缘的手指，指间仿佛长出青蛙一样的蹼，撕扯不开。手背上瓜汁淌过的地方，留下一道透明的痕迹，仿佛一只流涎的蜗牛爬过，舔一舔，又是那种蜂蜇般的甜。

真不知如此苦旱贫瘠的安西怎么孕育出如此甘甜多汁的白兰瓜。

安西地处荒漠，日照极强，非常适宜种瓜，自古以来，以瓜闻名天下，故称瓜州。美国的良种甜瓜“蜜露”移民到中国，在安西扎下根来，比在老家长得还要好。白兰瓜的盛名，其实是靠瓜打的天下。安西古称瓜州。总觉得古代人很会起地名，比如武威，原名叫凉州，透着荒原僻地的苍凉。张掖叫作甘州，有一种安宁平和感觉。

也许，白兰瓜要正名为“安西瓜”才更符合历史的真实。

我也想过，是否因为那天的极度干渴，才使这沙漠之中的瓜显得格外甘甜。后来遇到过几次同样的情形，才知道唯有安西的瓜无与伦比。

想想这瓜，很有感触。它原本来自大洋彼岸，却在这块古老贫瘠的土地上繁衍得如此昌盛。它入乡随俗，褪去了娇滴滴的洋名字，也不计较人们以讹传讹地称它白兰瓜，寂寞然而顽强地在沙漠之中生长着，以自己甘饴如蜜的汁液濡润着焦渴的旅人。

啊！瓜州的瓜啊！什么叫特产，什么叫真谛，它只限于窄小的区域。好比一个石子丢入湖中，涟漪可以扩散得很远，但要找到石子，必须潜入那最初的所在。

蓝色太阳下的沙漠老人，教给我这个道理。

（摘自湖南文艺出版社《人生终要有一场触及灵魂的旅行》，有删节）

奇　葩
——记舞剧《丝路花雨》的诞生

王家达

震动香港的民族奇葩

1979年12月29日，香港新光戏院被人们里三层、外三层地包围起来了。香港各界同胞正在抢购当天晚上的戏票，他们共同的心愿是：要看看来自祖国的舞剧《丝路花雨》，先睹为快！

随着一阵悠扬古雅的乐声，大幕徐徐拉开，辽阔的太空中，云雾缭绕，一对美丽的仙女——飞天，从那深邃的苍穹中，穿过朵朵祥云，轻盈美妙，自天而降。象征吉祥的花雨，像星光，像雨点，漫天飞舞，洒满大地。是人间？是天上？多么神奇！多么壮丽!

接着，雄浑的天幕上出现了茫茫无际的戈壁草原，驼铃阵阵，天马长嘶。远处，是巍峨壮观的阳关城楼，雄伟起伏的万里长城，连绵不绝的祁连雪山。就在这鲜花如雨的迢迢古道上，霓裳缥缈，使者奔波，商旅跋涉……

神妙的艺术，使观众如痴如醉，目瞪口呆，不时发出声声惊叹和赞美。两个小时的演出，使香港同胞如历唐代盛世，如游敦煌佛窟，经受了一次民族文化艺术的洗礼。演出结束后，剧场里爆发出暴风雨般经久不息的掌声，掌声是那样强烈，那样热情，那样奔放。

多次谢幕，观众还余兴未尽，久久不愿离去。他们围在戏院门口，等着要看看来自祖国大西北的“靓女”和“靓仔”，要和祖国的靓女和健儿们握握手，问问好。瞧，这位东张西望的老妈妈在寻找什么？她手里捧着鲜花，口中喊着“靓女”，在卸了装的演员中连连顾盼着。等到认出了扮演英娘的贺燕云，马上跑过去，热泪盈眶地把鲜花送给小贺，一迭声地说：“谢谢你们！谢谢你们!”

真是空前的轰动！请看香港报纸对她的评价：

“太好了！看了叫人扬眉吐气。《丝路花雨》的演出再一次证明，中国人民是有智慧、有才能的人民，中华民族是伟大的民族!”

“舞蹈新！设计新！飞天新！骆驼上台新！敦煌壁画上台新！服

装新！演员面孔新！新，改变了一切，这是舞蹈艺术的里程碑。”

“在香港这个商业电影泛滥的文化沙漠，《丝路花雨》带来了真正的美，真正的艺术。这是我们伟大祖国的荣誉，海内外所有中华儿女的荣誉。”

评论文章铺天盖地而来。有人说，这是一次真正的艺术“地震”。

民族艺术的奇葩，震撼了香港，也复苏了一位老人枯萎的心灵。

老人名叫田生玉，甘肃陇西人，是前国民党上校军官。1949年只身逃到国外，先在欧洲做生意，后来就定居在香港。多年漂泊的游子生活，使他日夜想念家乡。他曾做过回国探亲的梦，但自己的国民党军官身份，使他把这个念头打消了。一天，邻居兴冲冲地跑来说：“田先生！田先生！你们甘肃来了一个剧团，演的《丝略花雨》，好极了，你快去看看。”

《丝路花雨》？轰动了香港？他不大相信。但他还是去看了，因为这是家乡剧团的演出。精美绝伦的舞蹈使田生玉看得眼花缭乱，目眩神迷，他完全被这朵来自家乡的艺术之花震撼了。回到家里，他还沉浸在极度的兴奋中；躺下以后，耳边仍然缭绕着悠扬哀婉的琵琶声。那个在琵琶声中翩翩起舞的英娘，圆圆的脸儿，黑黑的眼睛，多么像自己的妹妹啊。神笔张和英娘生离死别的场面，撕肝裂胆地牵动着他的心。

他睡着了，晃晃悠悠地来到了文峰塔下。家乡的山川，美丽的村舍历历在目。远远的，一个水灵灵的少女走来了，笑得那么甜。那是英娘，不，是妹妹，不对，是英娘，不对不对，是妹妹，明明是妹妹嘛……他哭醒了，泪水沾湿了枕巾。

第二天，他鼓起勇气来到新光戏院门口，想见见家乡的演员。但他不敢进去，他是和共产党打过仗的人啊！他在门口徘徊着，抽了一根烟，又一根烟。正好，有两个演员出来了，他赶紧尾随上去，听见她们在说话，说的是家乡话。三十年了，他第一次听到乡音，他的心颤动了。他不顾一切地走上去，抓住演员马维华的手。

“你们敢和我说话吗？”

“为什么不敢？”

“我是国民党军官。”

“哈哈哈哈！”

一阵充满友善的笑声顷刻之间解除了老人的一切顾虑，他完全放心了。很快的，他就和演员们交了朋友。三个月以后，田生玉终于回到了生他养他的陇西，见到了日思夜盼的妹妹，此情此景，恰似英娘回到了久别的敦煌，见到了父亲神笔张一样。当他吃着家乡的浆水面，听着县广播站播送的秦腔时，禁不住热泪滚滚，思绪万千，嘴里喃喃地说道：“《丝路花雨》啊，你是民族兴旺的花雨，吉祥友谊的花雨。愿这沁人心脾的花雨，洒到更多更多人们的心中！”

的确，《丝路花雨》走到哪里洒到哪里。它轰动北京，轰动上海，轰动广州，轰动桂林，轰动天津，轰动香港，吉祥的花雨，洒遍了祖国大地。前不久，《丝路花雨》在朝鲜演出时，又受到了朝鲜人民的热烈欢迎。

这光彩照人的艺术奇葩，是怎样开放的？

“为什么要吃别人的剩饭？”

甘肃省歌舞团再也维持不下去了。

说起来真可怕：二百多人的省级剧团，只有五元钱的活动经费了，连一支办公用的圆珠笔也不敢买。这简直是笑话！而且这种局面还发生在粉碎“四人帮”以后。

怨谁呢？谁也怨不着。瞧瞧自己的节目嘛！《草原儿女》《白毛女》《红色娘子军》，都跳了多少年了呀，还在跳！

看看人家话剧团、陇剧团，新节目，新气象，买票的人都排起队来了，场场满座，难怪那些演员走起路来都挺神气呢。

可是看看自己的人马，一个个没精打采，像断了顿儿似的。这也难怪，演员们辛辛苦苦地演出一场，只卖一百来张票，连夜餐费都发不出去！

听到、看到歌舞团的窘境，陈舜瑶这位长期在宣传系统工作的女同志来到歌舞团与创作人员座谈，她安慰说：“我们的文艺创作，再不能在公式化的死胡同里走下去了。我们要敢想敢干，大胆创新，选择一条独特的、艰苦攀登的道路。”

说到激动处，陈舜瑶站了起来，挥动着胳膊，很有感情地说：“为什么不把敦煌壁画搬上舞台呢？多少外国朋友，不远万里，跑来参观敦煌，研究敦煌。我们身在敦煌，却把眼睛盯着外面，去搞人家已经搞腻了的东西。同志们，不要赶时髦，要下死决心，走我们自己的路，创立敦煌舞蹈，把敦煌艺术立在舞台上，让人家一看就是我们自己的东西，别人代替不了。我相信大家是有这个能力的。”

陈舜瑶这番鼓动性很强的讲话，把大家的心都说活了。刚才笼罩在人们脸上的懊丧情绪，一扫而光，气氛顿时活跃起来。

这真是，山重水复疑无路，柳暗花明又一村，人们的眼睛一下子发亮了。

从此，为建立敦煌舞蹈学派而奋斗，成了甘肃省歌舞团的目标。

朝圣者

公元 366 年一个夕阳西下的黄昏，当来自中原的和尚乐僔——这位风餐露宿，经历了千辛万苦，一心要到西方佛国取经的高僧——风尘仆仆地路过敦煌时，他被眼前的景象惊呆了：

大漠深处，极遥远的天边，一轮火红的太阳，像个极圆极大的绣球，又似一盏巨大的、橙黄色的宫灯，挂在蓝天的尽头，眼看着落下去了，坠下去了……地平线上，是七彩的光芒，晚霞映红了西天。

突然，巍峨的三危山上，金光闪闪，万道佛光。乱石嶙峋的石英石山崖，霎时间变成了佛光普照。气象万千的极乐世界。宝台莲池，乐声悠扬。如来端坐中央，双目微睁，正在说法。倾心听讲的众多神佛，栩栩如生，千姿万态：有的念念有词，正襟危坐；有的合十微笑，默默诵经，有的怒目圆睁，足踏猛虎；有的垂臂袒肉，莞尔而笑。圣洁的光圈，罩在他们的头上。下面，华丽的乐队在吹奏，荷花童子蹁跹起舞。远处，飞天在散花礼赞，奔马在仰天长啸，火焰在飞升，花草在浮动，天鹅在打旋……

啊，好一幅宏伟神奇的千佛图!

这个夕阳映照的沙漠奇景，把乐僔和尚震慑了。他没有再往前走，就在这儿打了个洞窟，住下来修行——这是敦煌千佛洞的第一个石窟，距今已经一千六百一十五年了。

以后人们陆续修建，经东晋、前秦、北魏、北周、隋、唐、五代、宋、西夏、元，经过一千多年的努力，先后开凿了一千多个洞子，每个洞窟画满了五彩缤纷的壁画，塑造了大量的彩色塑像。这真是人类文明史上罕见的创举!

漫漫长夜，兵荒马乱，风沙侵袭，地层断裂，如今敦煌莫高窟只剩下四百九十二个洞窟了，时间老人把大部分瑰宝都无情地埋葬了。然而就是现有的四百多个洞窟，也是如许的富丽堂皇，洋洋大观。如果用一平方米为单位，把它的壁画连接起来，可以排成一个二十五公里长的画廊。天啊，这是一宗多么珍贵的无价之宝！在这里，千年中华民族政治、军事、经济、历史、文化、艺术以及对外交流等方面的资料，形象生动地保留下来了。在这里，绘画艺术、雕塑艺术、建筑艺术彼此关联，交相辉映，如此和谐地、天衣无缝地糅合起来了。这是何等伟大的艺术！国外最大的石窟寺阿旃陀寺，才只有二十九个洞子啊。

敦煌，你的同胞向你致敬！

现在，你的同胞，一群决心将你的艺术搬上舞台的人，正在沿着祁连山，一步步向你走近。他们是：甘肃省歌舞团的编剧赵之洵，编导刘少雄、晏建中，助理编导安健、徐承华。这正是一九七七年十二月底，河西走廊冰封雪盖、北风呼啸的日子。

这是几个名副其实的“主战派”。团里将写敦煌的计划定下来以后，他们几个再也按捺不住了，踊跃请战，并向团里立了“军令状”。此时，人们正在积极行动起来，和那些仍然大权在握，顽固推行“左”的一套的人进行着各种方式的斗争。思想解放的闸门即将打开，文艺界万马齐喑的局面即将结束。

沸腾的时代，每个人都在思考，每个人都跃跃欲试，每个人都有一种强烈的即将出征的冲动。此时，长期关“牛棚”，长期靠边站的甘肃省歌舞团的编导们，谁不想冲上火线，将多年来积压心头的艺术火花喷射出去呢？

神话般奇妙的丝绸之路，一下子展现在人们面前了。雄奇挺拔的焉支山，像一把锋利的宝剑，插在河西走廊的腹部，东屏武威，西扼张掖，威风凛凛地守护着走廊的大门。编剧赵之洵，这

敦煌乐舞

位对历史颇有研究的少数民族作家，坐在车厢里，把脸贴在冰冷的窗玻璃上，透过一层薄薄的冰凌，眼睛一眨不眨地注视着窗外广袤的原野。远处，焉支山下，茫茫草原上，曾经是一片天堂般美丽的繁华盛景……

富丽堂皇的行宫，金碧辉煌的礼宾阁。雍容大度的隋炀帝，金辇华盖，前呼后拥。大街上张灯结彩，喜气洋洋。吏部侍郎裴矩上前启奏："禀万岁：三十六国交易会准备就绪。"隋炀帝微微点头，裴矩回头一招手，鼓乐声声，鞭炮齐鸣。来自西域二十余国的商使，向主人赠送了象牙、琵琶、珍珠、玛瑙、葡萄、石榴等礼品，隋炀帝则回赠大批的绫罗绸缎。接着，一场精彩卓绝的艺术表演开始了，西域人跳起了龟兹乐舞，中国歌舞伎向客人们表演了霓裳羽衣舞。她们红装粉黛，绣襦罗裙，舞步轻如雪、缓如云、柔如柳，妩媚的神态，柔曼的腰肢，流盼的眼神，吸引了三十六国的商旅使节。轻歌曼舞中，盛大的贸易互市开始了……

历史的回顾，使老赵的心情激动不已，他赶紧掏出笔记本，记下了这段美好的遐想。

火车在继续前进着，已经到嘉峪关了。巍峨高耸的嘉峪关，雄踞在千山万壑之间，气势宏伟，蔚为大观。当年被匈奴贵族羁押了十一年的张骞，在一个风高月黑的夜晚，扔下妻儿，偷偷地跳上一匹快马，手持旌节，连夜驰奔。当他终于逃出匈奴的魔掌，远远看到嘉峪关，看到城头上迎风招展的汉朝旗帜时，他的眼泪就像泉水一样涌了出来，激动得几乎从马上栽了下去。他终于用三年的时间，穿过沙漠，翻越崇岭，开辟了丝绸之路，沟通了欧亚交通。

可敬啊，伟大的祖先！这是怎样的一些硬骨头，怎样的一些有民族气节，有宏图大志的优秀人物！他们那种百折不挠的精神，强烈地激励着甘肃歌舞团的同志们。他们在心里暗暗发誓：剧本里，一定要写丝绸之路，要写中外友谊，把祖先的光辉业绩写进去。

他们到达敦煌，已经是十二月三十一日的下午。一缕淡淡的冬日斜阳，透过连绵起伏的沙丘，射向三危山。

三危山下，一叶绿洲的西侧，便是闻名世界的千佛洞。入夜，一轮磨盘般大小的圆月，高悬在莫高窟上方，清彻的银辉，洒遍了千佛洞。远远看去，那数百个洞窟，就像灿烂的群星，缀满半壁河山；又像无数颗宝石，嵌镶在黑黝黝的石崖上。他们的心醉了。

第二天一早，当十亿同胞鸣放鞭炮，欢度 1978 年的新年时，我们的编导们，已经徜徉在瑰丽无比的敦煌画廊里了。这些琳琅满目，美不胜收的艺术珍品，似一杯杯深埋千年的葡萄美酒，太醇了，只喝了那么一点点，就一下子把他们灌得脸热心跳，朦胧如醉了。

天宫，净土，慈眉秀目、体态婀娜、含蓄端庄的菩萨；或坐或卧，或笑或哭，表情极其生动的罗汉；亭台，楼阁；仪仗威严，气度恢宏、正在出行的将军；高髻云鬟，仪态万方，出使西域的公主；飞腾的伏羲，女娲，电神，人首蛇；卮觥交错、绮罗纷陈，舞乐喧阗的婚筵；猜拳行令，热闹异常的酒店；美丽动人的伎乐天，天真可爱的莲花童子，优美动人的凭栏天女，身着石榴裙的民间姑娘……尤其是那飘逸洒脱的飞天仙女，轻柔婀娜，像电光悠然划过太空，在满壁飞动。这是何等丰富的想象力！高超的艺术技巧和浓烈的生活气息，形似和神似，时代和个人，宗教神话和现实生活，异国情调和中原色彩高度统一起来了。这不愧是产生了顾恺之、陆探微、张僧繇、阎立本、吴道子的时代，这是中国绘画艺术的高峰。

面对如此精美的圣餐，编导们慢慢地咀嚼着，品味着。他们的灵感，他们的艺术想象随着一幅幅壁画，一座座彩塑，在飞动，在升华。星星点点思想的火花，在撞击，在聚合，潜意识的涓涓细流，正在汇集成滔滔江水。

面前是一幅《胡商遇盗图》，一队队拉着骆驼的波斯商人，驮着高高的货物，翻山越岭，日夜兼程。商人们做出各种各样的表情，有的弹奏琵琶，有的吹着笛子，有的跳起欢乐的舞蹈。下雪了，他们吃力地翻越一座大山。突然，山后跳出一帮蒙面持刀的强盗，眼看就要遭难，就在这千钧一发之际，敦煌太守慈仓派兵相救，一举剿灭了盗贼，保护了商旅。丝绸路上，复又笙歌阵阵，通行无阻了。

在藏经洞里，留存有一张《赵僧子典儿契》，记载的是为敦煌壁画献出了全部心血的古代画工赵僧子辛苦一生，到头来只得卖儿度日的内容。这就是创造了如此辉煌艺术的古代画家的命运。

还有一张《女奴多宝卖身契》，记载的是技艺精湛、誉满敦煌的歌舞伎多宝，在万恶的封建社会里，竟落得卖身为奴的内容。

血淋淋的历史！创造了天堂的人们，却生活在地狱里。

慈仓，胡商，多宝，赵僧子，强盗，出使西域的公主，张骞，丝绸之路，隋炀帝，三十六国交易会，沙漠，骆驼，飞天……这些不同的概念，在我们剧作家和编导的脑子里盘旋着，交织着，重叠着……

当他们结束了一整天的参观，回到屋子时，窗玻璃上早就结了厚厚一层冰了。火炉子已经熄灭。他们点上蜡烛，啃着冷馒头，喝着带咸味的水，度过了这个妙不可言的新年之夜。夜深了，甘肃省歌舞团的同志们还久久不能入睡。外面传来新疆大叶杨"拍手"的声音，哗啦——哗啦——，单调而又清脆。这时候，在他们的心中，《丝路花雨》最初的一些影子，已经越来越清晰了。

"愁死之路"

一面普普通通的镜子，立在第一百四十八窟的洞口。冬天的太阳，软塌塌地照在镜子上，一缕微弱的反光射进洞子里。洞子里面，三个穿军皮大衣的人，正在一面哈着手，一面临摹一幅唐代乐舞伎的壁画。气温已经是零下三十几度了，刺骨的寒风不时灌进来，洞子里就像冰窟一样。皮大衣穿在身上，就像裹着一张纸，冷风一直往脖子里钻，他们已经冻得不会说话了。他们连连地用嘴哈着时时冻住的笔，不停地跺着脚，一笔不苟地临摹着。

编导刘少雄带着两个助理编导开始临摹壁画了。他们计划在短时间内，将敦煌壁画的二百多幅舞姿全部临摹下来，作为他们创作敦煌舞蹈的依据。

不料这时发电机坏了，机子要送到县城去修理，过几天才能发电。他们不能等啊，于是就想出了一个笨办法，利用太阳的反光来进行工作。

高的地方，可以站着临摹。低的地方，却要跪着临摹。再低的地方，那些边角上的画面，只能趴在地上临摹。他们毫不犹豫地趴下去，身子贴着冰块似的地面，用僵直的手指把它临摹下来。

窟顶上的壁画，太阳的反光照不到。他们搭一架梯子，手端小油灯，爬上去看上一眼，再爬下来画几笔。

“哈哈，咱们成苦行僧啦!”助理编导徐承华，一个二十四岁的姑娘，把头裹在老羊皮袄里，自我解嘲地笑了起来。

“快来看! 快来看!”在招待所的一间屋子里，编剧赵之洵放下一本厚厚的线装书，高兴地跳了起来，“根据找到啦!”坐在另一张桌子后面用心读书的编导晏建中立即跑过去，凑到老赵跟前。“你看，”老赵兴奋地翻开手中的《武经总要》说：“唐代烽火台的规格是：五里一墩，十里一堠。堠就是烽火台。每堠设烽长一人，烽子五人。也就是说，每个烽火台有六个人在把守。”

几天来，为了寻找这个依据，他翻了多少书啊！关于烽火台，他听到过两种说法：一说那里驻有重兵；一说每个烽火台只有一人把守。未来的剧本里，烽火台到底设计多少兵士才符合历史的真实啊？现在清楚了。

“哈！老赵，老赵！”一会儿，晏建中又叫了起来。他也发现了新大陆：“现在我明白啦：最初的敦煌舞蹈虽然是从印度、波斯等地传进来的，但到了敦煌以后，立即被中原文化改造了，中原文化是它的内核。你看那些文静端庄、性格内向的伎乐菩萨，不就有着中原绘画‘秀骨清相’的传统吗？有人说敦煌舞蹈就是印度、波斯舞蹈，那是完全错误的。”

瞧，他们成历史学家了。他们的桌子上、床头上，摆满了各种各样的资料，《新唐书》《旧唐书》《唐时中国与波斯之交通》《唐诗中的乐舞资料》……

但是，好事多磨，就在他们像蜜蜂一样辛勤地采集着花粉的时候，兰州一位好心的领导同志，却替他们把剧情想好了。主题思想，故事情节，人物地点，时代背景，都考虑齐全了。

他设计的剧名叫《敦煌曲》。

主题是：通过敦煌石窟的今昔对比，说明封建社会的黑暗，揭露帝国主义分子盗窃我国文物的罪行，歌颂社会主义新中国的光明。特别要突出“神女应无恙，当惊世界殊”的思想。

内容分两部分：第一部分表现建窟，故事发生在唐代；第二部分，表现解放后换了人间。

编导们愣住了！天啊，历时千年，跨越十几个朝代，众多的主题思想，无法连贯的人物形象，该怎样表现呢？

然而编导们还是服从了。他们呕心沥血，绞尽脑汁，写出来，推翻，再写，再推翻。一遍，两遍，八遍，十遍……创作像一只蜗牛在山坡上爬行着。最后还是不行，一个最难解决的问题是主人公的问题。从大唐帝国到社会主义新中国，间隔一千三百多年，有谁能活这么久呢？

编导们哭笑不得，他们已不止一次尝过这种领导艺术的苦头。会前，他们按照上级意图摘了个农业题材的舞剧。在讨论剧本时，几位领导各执一词：有的叫突出一个“水”字，因为水利是农业的命脉，有的叫写“土”，因为“农业八字宪法”中“土”字摆在第一位，而另一位领导则强调写“肥”。结果当然是剧本没法搞成。

现在，《敦煌曲》也搁浅了。一些人动摇了，一些人溜号了，冷嘲热讽随之而起：“敦煌敦煌，越蹲越黄。”丝绸之路，变成了愁死之路。有人甚至打下了赌：“敦煌舞蹈要能搞出来，我倒立着从歌舞团爬出去!”

然而时代毕竟不同了。在 1978 年那样一个激烈变动的年代，除了一些榆木脑袋以外，谁还感觉不到时代前进的步伐？“实践是检验真理的唯一标准”的讨论越来越深入，文艺禁区的大堤，即将被冲决。

编导们起而抗争了！他们准备了充分的理由，和那位领导进行了心平气和的辩论。

“我不管了！你们能，你们搞吧！”那位领导生气了，夹起皮包，甩手走了。

编导们没有后退，他们放下了《敦煌曲》，重新收拾起以前的材料，准备开始丝绸之路舞剧的创作。这一次，创作组又增添了几位热心创作人员，他们是编导张强、朱江、许淇，助理编导张聚芳，连同原来的人马，已经是一支十分可观的队伍了。

他们打点好行装，二下敦煌了。

在敦煌，他们一遍又一遍地酝酿、推敲，把《丝路花雨》的初稿写出来了。这还是一个粗略的草图，还有许多问题有待解决。正当编导们为修改剧本陷入苦恼的时候，他们听到了一种论调，说敦煌虽然在中国，但敦煌学研究成果却是国外的占主流。这种论调深深刺痛了编导们的自尊心，他们暗暗下决心：为了替祖国争光，要赶紧把《丝路花雨》搞出来！

于是修改工作加快了进度，一些舞蹈片断也设计出来了。

春天来到了河西走廊，敦煌莫高窟一带正在举行盛大的四月八庙会。千佛洞下，杨柳婆娑，小小的绿洲上，流水淙淙。农民们骑着毛驴，驾着牛车，带着乐器，从四面八方赶来。他们把毛毡铺在树底下、水渠边，然后就三人一堆，五人一圈，自拉自唱，欢闹起来。居住在阿尔金山的哈萨克兄弟们也来参加盛会，他们把帐篷搭在绿洲上，帐篷里支着大锅，煮着羊肉，一股股诱人的香味飘散到很远的地方。

九十多岁的哈萨克长者，抖动着白胡子，笑呵呵地把《丝路花雨》的编导们让进帐篷里。主妇们用漂亮的大铜盘，端上最肥美的羊肉，献给尊贵的客人……

手抓羊肉吃饱了，马奶子喝足了，长筒马靴擦得锃亮的哈萨克青年，帽子上插着各色羽毛的哈萨克少女，手挽起手，跳起欢快的民族舞蹈。

欢乐的节日气氛，使编导们陶醉了，他们忘情地参加进去，向人们表演了最初设计的一些《丝路花雨》舞蹈片断。优美的敦煌舞蹈，引起了阵阵掌声，一片喝彩。编导们的心在跳动，啊，这热烈的掌声和叫好，不就是群众对他们创作的肯定和支持吗，他们受到了鼓舞，跳得更欢了……

他们从人民的欢乐中，感受了春天的到来，又从人民的艺术中，汲取了营养，他们夺取胜利的信心更足了。

飞天起舞

当满天星斗开始显得稀落时，城市就完全安静了。一颗流星划下去了，又一颗流星划下去了。远处，传来了黄河撞击崖岸的声音。

这时，甘肃省歌舞团的排练室里，依然灯火通明。一个身穿蓝色运动衫的中年女子，正在大汗淋漓地旋转着。在她面前，立着一幅临摹来的敦煌壁画：一个反弹琵琶的伎乐菩萨，高高收起的右腿矫健刚劲，脚趾翘起充满活力，丰腴的双臂斜上方反握琵琶，两眼微微下垂，显出十分陶醉的样子。左胯重心向后提起，上身前倾，仿佛随着她那手指拨动琴弦发出的乐声，她的重心定会冲击向前，跟着落下的右腿而引起一串舞蹈动作来。

这是一幅静止的画面。怎样使它活起来呢？如何使这个优美的亮相运转起来，连接成大段漂亮的舞蹈呢？为了这个最伤脑筋的课题，编导许淇在这里整整琢磨了一夜。她想方设法，从上下、左右、高低、快慢等方面去寻求变化，像发疯一样地跳来摆去。她对照着壁画，用心揣摩着。一会儿，忽然得到了一点什么启发，她高兴得笑起来；一会儿，线断了，她又懊丧地低下头去。终于，顺着劲儿摸出点门道来了，于是就更加起劲地跳起来。

街上响起了“得得得得”的马蹄声，这是社员们进城拉粪的第一趟马车。天快要亮了。职工宿舍里，传来小孩的哭声，她这才想起了自己刚刚满月的小宝宝。

她用毛巾擦了一把脸上的汗水，顾不得在清新的夜空里做一次深呼吸，就跑回家了。一推门，她几乎哭出来了。床上空空如也，孩子不见了。爱人小贾是搞音乐的，上个月出发到敦煌研究唐代音乐去了，家里就剩下她和一个嗷嗷待哺的婴儿。

“欣儿！欣儿！”她四处翻寻着，眼泪挂在睫毛上。

床下发出老鼠的叫声。她提了把笤帚，掀起床单，去打老鼠。她的心抖了一下，哪里是什么老鼠，原来孩子早已经滚在床下，变成个小土人儿了。她赶紧把孩子抱在怀里，煮热牛奶，十分心疼地把奶嘴儿放进孩子的小嘴里。

喂着，喂着，她怔住了。墙上贴着一幅敦煌壁画，这是一幅描写风神与雷神斗法的图。在这场恶斗中，被狂风吹卷的人惊慌地闪身躲开，双手将要捂住面孔，好像在抽气，叫出“啊”的声音来。这满壁风动的描绘，极迅速地在女编导的脑海里闪过一线亮光。好啊，把这一瞬间的呼吸，作为带动静止姿态活动的动力，将会多么美妙！她立即放下手中的孩子，在屋子里设计起凭栏天女舞中一大段行进的动作来。

这时候，在职工宿舍的另一间房子里，编导朱江盘膝坐在床边，像一尊打坐的菩萨，凝目深思。床上散乱地摆着敦煌壁画中的各种舞姿图。一个多月来，由于对一张张神采各异的形象反复观看，反复模仿，他已经烂熟于心了。一闭上眼睛，她们就好像从壁画上走下来，在自己的面前翩翩起舞。现在他更进一步思考：敦煌舞蹈的基本规律是什么？它的主要运动形式是什么？他已经琢磨出：那些静止的敦煌舞姿，一般都具有讲究曲线，勾脚，出胯，扭腰，手势丰富，头颈别致，表情妩媚等特点。于是他突然领悟：噢，对了！就像古典舞，画圆是它的主要运动规律一样，敦煌舞蹈也有它本身特有的运动规律，这就是S形的曲线运动规律。只有充分运用了这个规律，编出来的动作才像，风格才对劲。

这个发现使得他欣喜若狂，像中了魔一般地冲出门去，挥舞着双手，高声狂叫："S形！S形！"此刻，他的心情不亚于陈景润证实了哥德巴赫猜想那样的兴奋。可是他竟然忘记了，他的已经住了十七次医院的儿子，正躺在病床上，望眼欲穿地等待着爸爸给他送早饭呢。

夜深了，老编导刘少雄的宿舍里传出了朗朗的诵读声："胡旋女，胡旋女，心应弦，手应鼓，弦歌一声双袖举，回雪飘飘转蓬舞……"声音越来越大，感情越来越热烈。他已经完全进入"角色"了。根据这首唐诗，他正琢磨着胡旋舞的动作。屋子里烟雾腾腾，纸烟抽了一根又一根，桌上的烟灰缸已经盛满烟蒂了。他边读边想，边想边读，忽然，云烟缭绕中，一个高鼻大眼、肌肤如玉的美貌少女，身着绯锦袄、绿绫裤、红皮靴，笑盈盈地来到他面前，轻轻地点了点头，就在灯前的花毡上，在鼓声的伴奏下，跳了起来。她时而飞舞像流星划破长空，时而旋转犹如疾风。在鼓声的突然停止中，她反手叉腰，停立不动，好似一弯新月。随着轻盈舞步的变化，她的腰身东倾西倒，她脸上的汗珠和胭脂交流在一起了，帽子也偏斜了……

"好啊！"刘少雄看得目瞪口呆，不由一拍桌子，为少女的精湛技艺叫绝。

烟雾消散了，少女不见了，刘少雄从梦幻中清醒过来。他兴奋得出了一身汗，立即把这个设想记下来。这就是《丝路花雨》中波斯少女群舞的雏形。

与此同时，在一个偏僻的角落里，音乐家易炎正带着助手为《丝路花雨》作曲。设计敦煌舞蹈音乐，这是一个比设计敦煌舞蹈更为困难的课题。敦煌舞蹈还有些静止的姿态可供借鉴，敦煌音乐就完全无章可循了。“大珠小珠落玉盘”，到底是什么音响？“羌笛何须怨杨柳”，一定是很哀怨的，但究竟是怎样个哀怨法？太虚幻了!

困难，并没有压倒这个曾经戴枷创立陇剧音乐的人。这是一位顽强的艺术家，三十年代就参加了革命的“小八路”，1957 年忽然变成“阶级敌人”了。戴着沉重的枷锁，他来到陇东老区——曾经养育过他们的革命根据地。在那里，清新质朴、如泣如诉的道情小调滋润了他的心田，启发了他的灵感。他顾不得当时自己的“右派”身份，和两个同伴走遍了陇东高原的沟沟坎坎，访遍了村村寨寨的民间艺人，搜集了一本又一本民间曲谱。终于，一个新的剧种——陇剧，带着清新扑鼻的香味，破土而出。它的第一个剧目《枫洛池》，1959 年在北京参加了中华人民共和国成立十周年献礼演出，在人民大会堂演出时受到了周总理的高度评价。

现在，《丝路花雨》的作曲任务又摆在他的面前。为了取得突破，他决定首先搞出英娘的主题音乐。由于长期下放农村的生活，他的胃被搞坏了，只要一熬夜，就隐隐作痛。他用手压住心口，一遍又一遍地分析着英娘的性格，这是一个纯朴善良、饱经沧桑的古代少女，她的人生道路是不平坦的。因此，她的性格里有善良、哀怨、深沉的一面，也有与人友好相处、向往和追求光明的一面，这就要求在一个十六小节的音乐旋律里，概括她苦难、哀怨、挣扎、呼号、觉醒、渴望自由、追求光明的全部感情。达到这个要求，英娘这个典型的中国古代少女的形象，就活脱脱地出来了。

他想起了《女奴多宝卖身契》，想起了敦煌古代画工们的悲惨生活，想起了自己戴着“帽子”搜集陇东道情的经历，想起了他和他的战友们“十年动乱”中遭受的磨难，一串串音符自心底油然而生，他疾速地在谱纸上写起来。

隔壁，作曲家韩中才正在写一封家信。在他面前，放着今天下午收到的电报：“父亲逝世，立即返家。”他是独子，理应回去料理丧事。可现在是什么时候？《丝路花雨》的大部分舞蹈已经设计出来了，音乐必须立即配合上去，否则，这台戏还怎么演?！他把电报悄悄塞进抽屉里，铺开一张信纸，以十分哀痛的心情写了一封家信，表达了对父亲的悼念。

信写完以后，他打开窗户，让凌晨的冷风吹了吹发胀的头脑，就又拿起五线谱，进入音乐的世界了。

部长的胸怀

在省人民医院的一间高干病室里，住着一位操河南口音的病人。一场“翻天覆地”的闹剧，摧垮了他健壮的身体，十年前颇为英俊的中年人，如今已是灰发老人了。他六十岁左右，目光炯炯，仪表威严。说话的声调清晰、坚定，整个神情给人一种充满信心和力量的感觉。

在这间病室的桌子上，放着一些和养病毫不相干的东西：敦煌壁画中的舞姿图像，我国古代的乐舞资料，歌舞团的排练日程表……

这阵儿，大夫刚刚查完床，老人拿起一本已经翻得很旧了的油印剧本，半卧在病床上，仔细地推敲起来。

“《丝绸之路》？不好，《敦煌的故事》？也不好……”老人摇摇头，闭上了眼睛。剧本的四稿已经出来好久了，但始终没有一个好名字。为这个剧名，他昨晚整整琢磨了一夜。终于，一个既切题又新颖的剧名，在老人的脑海中形成了。

“好，就这样!”他提起笔，将剧本封面上的《丝绸之路》勾掉，一笔一画地写上：《丝路花雨》。

“吃药了，吴部长!”护士端着药盘走进来。她把药片放下，倒了一杯水，看着老人吃药，因为他常常忘了服药。临走时，她又回过头来，伸出一根指头警告说：

“您得遵守纪律哟!”

老人点点头，笑了。

说实在的，这位省委常委兼宣传部长，对医院的纪律遵守得不算很好。一个多月来，小小的病房成了他的办公室兼会议室，甘肃省歌舞团的同志们，经常被召到这里，没日没夜地讨论剧本。有时讨论得激动了，他会大声地发表意见：

“怎么？写市曹和强人勾结，拦路抢劫，不符合唐代的历史史实？盛唐时代就风平浪静，没有坏人了？这不可能嘛！我们今天已经是社会主义了，干部队伍里也还有贪赃枉法的人，社会上也还有强盗，还有坏人嘛！”

“把伊努思写成商人有顾虑？有什么顾虑？要写成拉骆驼的？不，不！同志们，就写成波斯商人，而且写成大商人。这是歌颂中外人民的友谊嘛！有什么阶级立场问题？谁要上纲批判，来批判我好了。”

省委宣传部部长吴坚，已经完全沉浸在艺术创作的天地里。

他先领导了话剧《西安事变》的创作，后来，当那位替《丝路花雨》设计过蓝图的领导同志走了以后，他又接过了这个当时被称做“愁死之路”的摊子。他接手以后，《丝路花雨》的创作很快有了起色，同志们九下敦煌，行程万里，数易其稿，本子已经基本定下了，现在正进入排练高潮。试想，在这个火候上，他在医院的病床上，能躺得住吗？

他打开房门看了看，过道里没有护士，就装做散步的样子，悄悄地走出医院。

他跳上一辆公共汽车，二十分钟以后，就出现在歌舞团的排练场上了。那里，一群小伙子和姑娘们正在练功，做出各种各样的舞蹈姿势。扮演强人窦虎的演员，为了能在舞台上将英娘托举起来，正在拼命地练哑铃、杠铃，做俯卧撑，累得满头大汗。

“嗯，中！”部长在小伙子跟前站了几分钟，点点头，露出满意的神色。

他又在一个练跳高的姑娘跟前站住了，脸上露出不满的神情。

“丫头，你这是在干什么？”

“练功呀。”

“不，这不叫练功，这叫做样子。”

姑娘噘起了嘴，显得很委屈。部长又说了，

“看看嘛，练了一上午功，一点汗都没有，能说你出力了？来，重新跳。一，二，三，四！”

姑娘跳了，比刚才好一些。

“不行，再跳。”

等姑娘完全达到了要求，这位曾经在陕甘宁边区当过文工团长的老人，才满意地转过身去。他的目光停留在另一个角落。

那儿，正在排练第五场英娘哭爹的场面。一面巨大的白色引魂幡插在烽火台上，大雪纷飞中，波斯的勇士们跨着沉重的舞步，在悲壮的音乐声中，走向躺卧在血泊中的神笔张，向这位可敬的中国画工告别。英娘悲痛欲绝，伸开双手，仰面向天，顿足痛哭。

“停!”吴坚部长看到这儿，开始发表意见了：“英娘上场，应该首先扑上去，扑到神笔张身旁，伸手摸摸爹的心窝，看看到底死了没有。等确信死了以后，再倒退到台口，跳一段痛不欲生的舞蹈，才比较符合生活的真实。你们说呢?”

大家听得心服口服，连连点头。

他又到伙房去了。“给孩子们做什么好吃的呀?”他一面检查着饭菜，一面问，“嗯，不行不行。演员们排戏，可是重劳动啊，吃这个饭菜，哪能行？叫你们团长来!”

新上任的团长胡德汉，一见部长在伙房里，心里发毛了。这个老人好厉害呀！前些天，当着好几个人的面，狠狠地把自己剋了一顿，那是为成立排练组的事情引起的。由于“十年动乱”的破坏，编导之间产生了一些隔阂，在选举排练组组长时，这些隔阂表现出来了。为了求得平衡，大家选举了团长胡德汉做组长，编剧赵之洵做副组长，而两位舞蹈演员出身的副团长却是一般组员。吴坚看了名单以后，把大家找去了。

“胡德汉同志，你是搞行政的嘛。不好好去抓你的思想组织工作，不好好去做后勤工作，你跑到排练组里来干什么？赵之洵同志是搞文字的，你们也把他拉进来！好啊，舞蹈家们都躲到后面去了。同志们，你们搞平衡，耍心眼儿，就不怕影响《丝路花雨》的排练？个人得失比革命利益还重？不行，要选舞蹈家当组长。”说着，他点了两位副团长和一位编导的名：“你当组长，你们两个当副组长。只能前进，不能后退。《丝路花雨》滑了坡，你们可别再来见我!”

停了停，他又说：“同志们啊，我们好比拉车，眼看就到山顶了，剩下最后一个陡坡了，就差最后一把劲了。能不能拉上去，就看最后的努力了。这个时候，大家千万不能松劲，一定要拧成一股绳，齐心协力，要舍得多出几身汗，多掉几斤肉，坚决把车拉上去……”

一席充满感情的话，说得大家坐不住了。三位新组长勇敢地挑起了担子，立下军令状，保证1975年5月拿出《丝路花雨》，向中华人民共和国成立三十周年献礼。

三月二日，《丝路花雨》在歌舞团排练场里进行联排，接受审查。那天来的人很多，省委宣传部的负责同志，省文化局的领导，各个剧团的团长和创作人员都来了。联排一结束，观众席上就发出一片啧啧声：嗬! 咱们甘肃的小炉匠，做出了大活计。那位曾经为剧本定过框子的领导同志首先站了起来，激动地说：

“同志们! 你们是对的，你们用实践说服了我。我向你们表示热烈祝贺!”

一位诗人即席赋诗：“请君万里敦煌来，共看飞天上九霄。”

胡德汉走到吴坚身旁，悄声问：

“吴部长，服装做不做?”

老人没有回答，他的眼睛湿润了。他那炯炯有神的眼睛深情凝视着这群文艺战士，久久地一言不发。此刻，在他那宽阔的胸怀里，有一股热流在起伏：多么好的同志啊！十年来，他们吃了多少苦，受了多少罪！　但是一旦党解放了他们，他们就立即扑向党的怀抱，向母亲捧上一颗火热的、跳动着的赤子之心。这样的战士，难道不应该得到党的最大爱护，最大支持吗？此刻，他还在想：做服装道具，要花几万元。按常规，要经过层层审批，要打印一份又一份报告，局长、部长们要一个一个传阅、画圈、讨论。怎么办？是按照这些程序进行，无限期地推迟演出？还是断然决定，让《丝路花雨》尽快上演？

“万一……”有人小声提醒他。

“那就打倒我好了！”他决然地说，并且当场宣布：“立即制作服装。通知舞台美术工厂，停止一切其他生产任务，集中全力，突击制做服装道具。让兰州人民在五月一日看到《丝路花雨》！”

舞台下的英娘

她醒过来了。

咦！这是在哪里？白白的墙壁，白白的窗帘，白白的被单。自己躺在床上，地下站满了人。

“小贺！”

“云云！”

“孩子！”

见她醒来了，无数张嘴一起张开了，一起发出了急切的呼喊，床头上，一支吊针挂在那儿，透明的液体，一滴一滴地流向她的血管。这是怎么了？她努力地回忆着，怎么也形不成一个清晰的概念。灯，五颜六色的灯，灯光下，她正在舞台上拼命地跳着，跳着。突然，她的膝盖扭坏了，像千百支钢针在刺她的心，黄豆大的汗珠从她的额头上滚下来，天旋地转！她眼看着就要倒下去了……哦！不能倒下去，不能！这是在舞台上，正在跳英娘单人舞。自己倒下去，就要破坏整个《丝路花雨》的演出。她用牙齿咬住嘴唇，继续跳，继续跳，牙齿把嘴唇咬烂了，整个衣裳被汗水浸湿了。一阵暴风雨般的掌声，大幕拉上了，演出结束了，无数道金星在她面前闪晃，她稍一松劲，倒在舞台上……

“你好些吗？孩子！”一个和蔼的老人坐在床前，一只手搭在她的额上，眼里充满了忧虑。这是谁？噢，想起来了，这不是吴部长吗？就是他，这位父亲般的老人亲自把自己扶上汽车，护送到了这里。

“云儿！云儿！”一副慈祥的面孔，抚爱地注视着自己，眼里闪动着明亮的泪光。这是妈妈，亲爱的妈妈！贺燕云缓缓地伸出手去，紧握着妈妈的手。她深情地看着妈妈，奇怪！妈妈的泪光里，怎么出现了一条小小的街道，一个扎着羊角辫儿的小姑娘？一转眼儿，小姑娘又戴上了维吾尔族的小花帽儿，打扮得花朵儿似的，转动着两只灵巧的小手，随着“我们新疆好地方”的歌声，在一个小小的舞台上活蹦乱跳。

“呀！快来看。小姑娘的手转得多美!”

“咦！这小孩！你看她那眼神，简直像水一样在流动。”

坐在台下的叔叔阿姨们发出了赞叹声。

演出结束了，幼儿园的阿姨把一个作为奖品的笔记本送到妈妈手里。

阿姨说：“祝贺你呀，愿你们小云云将来成为舞蹈家。”

“那敢情好!”妈妈笑了，笑得眼睛都眯成了缝。

这是什么时候的事？啊呀，已经是遥远的过去了。

那么，自己是怎样又变成了英娘的呢？忘记了，忘记了。

“哪位是家长？”过来了一位穿白大褂的人，戴着眼镜，神态很严肃。妈妈跟他过去了，他一面走着，一面低声向妈妈交待着什么，同时还摇着手。妈妈听着，频频地点着头。

这情景使她想起了另一个场景：排练场上，她正在挥汗如雨地练着功，老团长易炎过来了。他看着这位女学员，微微地笑了。这孩子进团几年来，从来都是这样没明没黑地练功。在她练功的场地上，经常洒满了汗水。老团长开口了：“贺燕云同志，《丝路花雨》准备排练了，组织上交给你一个重担子，你挑得动吗？”于是他们沿着排练场向前走去。老团长不住叮咛着，她也像现在妈妈那样，注意倾听着，频频地点头。

可是，很快她就打退堂鼓了。习惯了芭蕾舞扬头、挺胸、蹦脚的贺燕云，怎么也跳不好敦煌舞蹈。英娘那种扭腰、送胯，勾脚的动作，惹得小贺哈哈大笑。

“丑死了，丑死了，这算什么舞蹈?”

唉，年轻人啊，还从来没有接触过盛唐文化呢。老师们给她讲祖国历史，讲敦煌艺术，讲女奴生活，并带她参观了敦煌壁画。源远流长的祖国文明，在她心中点起了一盏灯，一盏不灭的灯。受尽磨难的古代女奴，激起了她的强烈同情。她爱上英娘了。

黄河边，柳荫下，出现了一个唐诗爱好者。这是一位身材颀长、面容秀丽的年轻女子，她一边默诵着白居易的名句：“小垂手后柳无力，斜曳裾时云欲生。”一边细细地体味着，右臂肘轻轻上抬，小臂下垂，右手松弛而优美地垂在腮旁。另一只手臂嘛，应该像一只被风吹动的柳枝，斜斜地飘垂下来……

对，就这样跳起来吧。

排练场里，她更加狠命地跳，跳，摔倒了，爬起来，摔伤了，接着跳，星期天也不回家了。每个星期六下午，妈妈做好了小贺最爱吃的饭，站在大门口，望眼欲穿地盼着女儿回来。一次次，她都失望了。太阳落山了，星星出来了，总不见女儿的面。她慌了，跑到剧团里。天啊！人们都走光了，女儿还在排练场里汗淋淋地旋转着。妈妈呆呆地站在一边，望着如醉如痴的女儿，一串泪珠挂在她脸上。她心疼啊！但是一阵喜悦又涌上她的心头，贺家出了这么个有志气的女儿，不枉！她把提来的饭盒轻轻地放在一旁，悄悄地退了出去，一边擦着眼泪，一边心里默念着：练吧，练吧，好女儿，妈妈支持你！

“贺燕云同志上台领奖!”

嗬!怎么又到这里来了?这不是京西宾馆吗?她上去了，会场上黑压压的一片人头，全都望着她，目光中充满了敬佩和鼓励。她领的是演出一等奖。她的嘴微微抖动，想说什么，一阵热烈的掌声把她的话语淹没了。一大颗热乎乎的泪珠滴下来，掉在奖状上。她把奖状贴在心窝上，久久地贴着，心在怦怦地跳……

“这个病人，要住很长一段时间。”那个穿白大褂的人又回来了，对剧团的领导说。

怎么!住院了?生了病?不能上舞台了?她想说话，但是说不出来，声音很微弱，只是嘴唇在蠕动着。

“孩子，安心养病吧，我们走了。”吴部长带着忧郁的面容，对大夫叮咛了几句，回去了。其他人也都回去了。

半个月以后，她能下床了。她扶着墙壁来来回回地走动着，想尽快地恢复健康，重上舞台。

但是，一张诊断书摊在她的面前:“膝关节半月板损伤，不宜搞舞蹈工作。”啊，对于贺燕云来说，这简直是一纸死刑判决。

年轻的舞蹈家失声痛哭了，她从来没有哭得这么伤心。妈妈抚摸着女儿的头发，劝她说:“那就改行吧，做什么工作都是干革命。”

女儿抬起水汪汪的泪眼，望着妈妈，摇摇头:“不，妈妈。为了培养我，党和人民付出了多少心血呀!我不能就这样离开舞台。不，我要回去!”

贺燕云回去了，谁也没能挡住她。她又出现在排练室里，忍受着巨大的痛苦，以极顽强的毅力，不懈地锻炼着。意志，这是一种多么不可思议的东西，它竟然具有如此巨大的力量，使得一份权威性的诊断书变成了废纸。贺燕云重上舞台了，而且跳得比以前更好。

容易被遗忘的角落

在甘肃省歌舞团的读报栏前，贴出了一张大红纸。几行醒目的毛笔字赫然入目：

招贤榜

我团飞天上天的设计工作遇到困难，为此特出榜招贤。希我团广大同志举贤荐能，献计献策。更望能人志士，踊跃揭榜。成功之后，除大会表扬外，并发奖金以资鼓励。

甘肃省歌舞团

招贤榜前围满了人，但是无人敢揭。难啊！一个月来，办法都想尽了。毫无疑问，表现飞天，就得在“飞”字上下功夫，得让它腾于空，穿入云，在舞台上飞动。可是怎样才能飞起来呢？起初采用托举的办法，以求达到这个效果。经过反复试验，最后失败了。全团上上下下，都在开动脑筋，都在苦思冥想。道理明摆着嘛：要是飞天飞不起来，《丝路花雨》还有啥味儿？

“我来试一试!”

第三天，招贤榜前来了一位五大三粗的汉子。他走到贴报栏前，分开众人，一把揭下招贤榜，往口袋里一塞，大踏步走了。他是团里的木工郭福生。

望着他那大步流星离去的背影，许多人愣住了:这个斗大的字识不了一升的愣娃，能行吗？但是有人却拍着脑袋叫起来：

“哦，哦，他能行! 当年歌剧《向阳川》里的羊皮筏子，不就是他设计的吗?”

真有他的! 几天工夫，一架奇特的装置就设计出来了。灵巧的工匠，他想到了民间耍社火的铁芯子。你看那“吕布戏貂蝉”，吕布手中拿的方天画戟的枪尖上，站着舞弄飘带的貂蝉，多么妙，多么美。他又想到了架子车。架子车多么平常，但它却可以在舞台上来回走动。于是他就利用铁芯子造型的玄妙，加上杠杆原理，从一辆旧架子车上卸下轴承，找了几块木板，制作成功了飞天器。

今天，当我们欣赏着飞天在舞台上那种如云掠空，自由地纵横驰骋在天空的优美艺术效果时，是不应该忘记木工郭福生的。

同样，当我们为舞台上五彩缤纷、光艳照人的唐代服装暗暗叫好时，也不应该忘记它的设计者——一个默默无闻的中年人郝汉义。他八岁就参加了解放军，经常提着一只盛石灰水的桶子，跟在宣传队后面，让叔叔们在墙上写“打倒蒋介石，解放全中国”的大标语。进城以后，他参加了歌舞团，搞舞台美术工作。

正排《丝路花雨》时，团里的设计师调整了，谁会设计服装呢？

郝汉义找到领导，毛遂自荐：“看我行不行？”

“你？如果搞不好呢？”领导犹豫了。

“我以党性担保！”

“好吧，那就试一试。”

他跑到敦煌，以每天三十多幅的速度，临摹了一千多幅壁画服装素材。天气太冷，颜色冻住了，涂不到纸上，他就用文字记在素描旁边。他爬到梯子上临摹，梯子滑脱了，他摔了下来。胃病犯了，便血，吃不下饭，但他不放下手中的笔。

任务很紧，要在不到一个月的时间里把图样搞出来。春节期间，他就让爱人领着孩子到岳母家去过年，他把门从里面锁起来，三天时间里设计出几十种英娘的服装图样。就这样，他硬是用二十多天的时间，设计了二百六十多套轻盈、鲜艳、典雅、华丽的唐代服装。

后来，当《丝路花雨》的服装设计受到中外人士的一致赞誉时，原来不大相信他的那位领导盯着郝汉义看了半天，像是刚刚认识了似的，无限感慨地说：“唉，人是一块肉，硬是看不透啊!”

看不透的还有一个杨树云。他是一位歌唱演员。说来也怪，这位身高一米八六的魁梧汉子，却有着女人的温柔，走起路来，显得十分婀娜。他的这种性格被领导相中了，他被请了去。

“大杨同志，有一件事情要和你商量。你知道，咱们团没有化妆师。现在《丝路花雨》马上就要上演了，想请你……”

领导不好意思说下去了，让一个歌唱演员改行去搞化妆，这怎么好开口呢？杨树云只说了一个字：“好!”

他接过来的是一个什么样的烂摊子啊！珠子、头花等等都被当做“四旧”砸掉了，头套全都结成硬块了。他把这些破烂装在一个大提包里，拿回家去。他让在工厂工作的爱人请了几天假，帮他制作。他用家里的碱水把结成块的头套泡开，然后让爱人根据他设计的式样，烫成各种各样的发型。他到街上称了一斤尼龙纱的下脚料，和爱人一起扎成一朵朵漂亮的头花。他找来了一些纽扣，加加工，做成了各色珍珠——这些，就是我们在《丝路花雨》里所看到的漂亮的头饰，闪光的珠翠。

三年来，他翻阅了唐代所有的头饰、服饰资料，仔细揣摩了敦煌壁画和章怀太子墓壁画的化妆特点，拜访了北京、上海、广州等地的名化妆师，对化妆艺术进行了精心的研究。现在，他的一本五万字的著作《唐代化妆》，正准备在美国出版呢。

不是结束的结束语

正当《丝路花雨》赢得了巨大声誉，使我国同胞为之倾倒的时候，正当世界许多国家向甘肃省歌舞团发出了邀请的时候，正当报刊、电台、电视台用各种方式，热情盛赞《丝路花雨》的时候，有一支朝气蓬勃、雄姿英发的队伍，正沿着古长城脚下，顶着酷暑，冒着热风，艰苦跋涉在浩瀚无垠的沙海之中，他们一步一个脚印，坚定地向前走去。这是甘肃省歌舞团的编导和演员们，第十次向敦煌进军，以便进一步熟悉生活，更好地汲取祖国灿烂文化的营养，使《丝路花雨》修改得更趋完美。他们深深地懂得，《丝路花雨》虽然在探索舞蹈的民族形式方面取得了一些可喜的成就，但比起党和人民的要求，比起社会主义文艺对他们的要求来，还差得很远很远。在他们面前，还有一座座新的艺术高峰，等待着他们去攀登。“为建立我国特有的敦煌舞蹈学派而奋斗”的目标，像巨大的地心引力一样吸引着他们。《丝路花雨》对他们来说，只是一个起点，而不是终点。他们现在只不过是站在这个高峰的坡脚上。于是，他们擦去头上的汗水，又继续前进了。

（摘自《当代》1981 年第 6 期，有删节）

呱　呱

呱呱是天水一种特殊美食。无论严冬还是酷暑，天水的大街小巷里，总有紫红色的呱呱出售。

天水呱呱历史悠久，相传在西汉末年隗嚣割据天水时，呱呱是宫里的御食。隗嚣的母亲塑宁王太后，特别嗜好呱呱。到了东汉，隗嚣兵败于刘秀，投奔西蜀的公孙述时，御厨逃离皇宫，隐居天水，后在天水城内租一间铺面，专门经营呱呱。天水呱呱就这样留传下来了。

天水呱呱品种繁多，以原料区分有荞麦呱呱、冰豆呱呱、豌豆呱呱和粉面呱呱等。其中最受人们欢迎的是荞麦呱呱。制作方法是先把陇南盛产的荞麦粉成“荞糁子”，入水浸泡、加工，取其淀粉，然后将淀粉加水入锅，用小火烧煮，直到锅内形成厚厚一层色泽黄亮的呱呱时，方可取出装入盆内加盖，在盆内醒上一会儿，即可食用。

天水呱呱的吃法也比较独特。食用时，先将呱呱撕成小片，再配上辣子油、芝麻油、芥末、酱油、食盐、醋、蒜泥等调料即可。西北人喜食酸辣，天水呱呱可谓是典型的辣味小吃。面对满碗流红的呱呱，筷子未动，额间便开始有汗了。而天水当地人喜以呱呱为早点，一日不食则舌间寡淡，爱好若此。

洋芋搅团

洋芋搅团是甘肃陇南地区有名的小吃。虽然名为搅团，实际上与普通的搅团做法不同。在陇南的小吃街上，常可以看到卖洋芋搅团的人在奋力砸洋芋。女人将蒸熟的洋芋洗净、剥皮，放到砸洋芋的木槽里，男人便抡起木槌用力去砸。很快，几十颗洋芋慢慢变成颇有黏度的洋芋泥。这便是洋芋搅团了。

食用时，用木铲舀上一碗洋芋搅团，根据食客喜好加上用清油炒好的酸菜或是醋水，再加上些炒得喷香的蒜苗、韭菜或者青椒，便大功告成。洋芋搅团吃起来绵软柔滑，香味绕口，当地人多以洋芋搅团作为早餐。

手工臊子面

臊子面是庆阳地区比较普遍的面食之一。日常食用，遇到婚丧嫁娶时更是招待客人的主要食物之一。庆阳人把婚丧嫁娶时用来招待客人的臊子面叫做“喝汤”。“喝汤”后才举行或婚娶或丧葬仪式，才摆开宴席款待宾朋。因其主要作料为臊子，故名“臊子面”。

臊子面里的臊子，一般用猪肉或羊肉切成大小相同的肉丁，再加入盐、姜粉、大香、辣椒面和花椒等调料。臊子可提早做成，装入瓷罐保存，随用随取；也可用新鲜猪肉、羊肉现做现吃。做臊子汤，先用清油将葱花炝炒，然后加入臊子、熟猪油和辣椒面，再放入红、白萝卜丁和豆腐丁、黄花、木耳，加水煮熟，再放入鸡蛋菱形薄饼和菠菜。这些作料做成的臊子汤，色鲜、油厚、味浓，香味扑鼻，诱人馋涎欲滴。

臊子面大多为小麦面擀成的细长面。面要和好，揉好，擀好，切好，煮好，再加配上好汤，这“六好”中有一好不到位，臊子面就没了味道。在食用时先上臊子汤，再上清水面条，然后用筷子将清水面条捞到盛有臊子汤的碗内，可一碗汤食用两三碗面条，也可一碗汤一碗面条食用。

羊肉垫卷子

羊肉垫卷子是甘肃河西走廊上的特色小吃，山丹草原的地道名菜。山丹草原上，羊肉肥美，菜籽油和小麦都品质一流，遂产生这种把面卷子直接下到肉汤里炖煮的主副食混搭吃法，符合牧民们的饮食特点。在这里，每年冬春季节会有大量羊羔诞生，考虑到草原的载畜量，要按比例宰杀一批羊羔，维持牧场草畜平衡，形成了“宰羔”习俗，这些被宰杀的羊羔肉就成为羊肉垫卷子的食料。

制作羊肉垫卷子，要先将羊羔肉剁成碎块，用清油爆炒，辅以葱段、蒜片、干椒，佐以姜粉、花椒粉、盐等调味品，加水焖至八成熟。将和好的面擀成薄饼抹上清油，卷成筒形，切成寸段，放在肉上。焖炖到面熟肉烂，即可上桌。这道美食以面香、肉嫩、味美、营养丰富而著称。羊肉与精面，刚柔并济，有羊肉之鲜美，更有河西优质面粉的地道嚼头，相得益彰。

相传，当年林则徐被流放新疆途经金昌市永昌县时，当地百姓以“羊肉垫卷子”款待，受到林则徐一行人称赞，从此永昌羊肉垫卷子便有了一定的名气。

静宁烧鸡

静宁烧鸡亦称静宁卤鸡，是静宁传统美食。静宁烧鸡以形色美观、鲜嫩味美、外表晶亮、卤色褐红、肉香味厚、爽口不腻，驰名甘、陕、宁等省（区）。人们形容这种美食“闻香千里外，味从鸡肉来”。

静宁烧鸡具有近百年的加工卤制历史，当地烧鸡的名家是“烧鸡大王”陆四海父子和回族名师沙金贵。他们采河南“道口烧鸡”和安徽“符离集烧鸡”之长，形成了静宁烧鸡的独特风味。静宁烧鸡选用国内27个地方的优良鸡种和静宁土种鸡为原料，配以各种作料精心卤制而成，风味独特，久负盛名，被授予“中华老字号”品牌和甘肃省“地方名优小吃”称号。凡到静宁的人们都有一种不吃静宁烧鸡不足以饱口福之感，竞相购买，或路途食用，或馈赠亲友，既是筵席美餐，又是滋补佳品。

河州包子

临夏回族自治州古称河州，河州包子是当地自古以来的一道美食。“河州包子”很早就以面皮好、馅子考究而驰名，有包子、合子、角馍之分，以馅子外露者为合子，多以糖、核桃仁为馅；形状为三角、半月形而有角者谓之角馍，有糖角子、枣角子、菜角子等；面上捏有褶者为包子。

河州包子以个大、馅多、馅料随季节时令的变化而不同饮誉陇上。它的馅以牛羊肉、韭菜、胡萝卜或白萝卜混合剁碎搅匀为主料，以发面为皮，包子皮洁白如雪，柔软蓬松。制作河州包子时，左手拿包子皮，右手在顶部从右至左旋捏成褶，形成上圆顶、中褶皱的圆形状。置于笼中大火蒸熟，蘸辣椒油、陈醋即可享用。临夏俗语称：“有肉的包子不在褶褶上。”说明馅料在河州包子中的突出地位，同时也显示了所捏的褶皱是包子的主要工艺之一。

靖远羊羔肉

靖远羊羔肉是白银一种独特的地方风味美食。其特色在于当地独特的滩羊品种、独特的滩羊生长环境、独特的加工方法和独特的药膳滋补价值。白银市靖远县地属黄河冲击盆地，境内屈吴山、哈思山、云台山水草丰茂，气候凉爽，生长着柴胡、麻黄、益母、蒲公英、黄芩、桔梗、薄荷、干草等数十种草药，山中水流潺潺，水中富含矿物质，当地羊羔日食药草，夜饮矿泉，造就了肉质细嫩、味道鲜美的靖远羊羔肉。

如此优质的羊羔肉，再加以 10 多种中药材，并加入特质的黄色粗粉条。烹制时用爆炒、红烧、黄焖、干炸、烧烤、清炖、清蒸等工艺进行加工，味道美妙，是流行于甘肃、青海的一道美食。

陇西腊肉

陇西腊肉历史悠久。据记载，陇西腊肉腌制约始于清朝乾隆年间。制作陇西腊肉宰杀的生猪主要来自于甘肃漳县、岷县一带，尤其以岷县蕨麻猪为最佳。因岷县野生药材甚多，农户饲养的生猪春季放牧，秋季圈养，腊肉腌制户冬季收购宰杀时，猪肉的肥瘦肉相间，兼有滋补功效。瘦肉灿艳似红霞，瘦而不柴；肥肉晶莹若玛瑙，肥而不腻，微带透明，加上盐、花椒、小茴香、姜皮、桂皮、大香等10多种佐料腌泡和太阳暴晒而成的肉，色美味鲜、风味独特。

一般家庭腌制的腊肉是把肉晾去水分之后，放上各种调料，挂在屋檐下，由冬天的太阳晒。等差不多了收到屋子里，挂着慢慢吃，大约能存放到第二年农历五月。而专门做腊肉的大户都有很大的窖，大约要7~8米深，把生肉在窖里整整齐齐地摆一层，然后把调料撒一层，如此反复，直到把窖装满。

在窖中腌制的腊肉食用时需要蒸。用一种特殊的锅——带锅，放上蒸笼，整块肉放在上面蒸。等肉熟了，就摆在木案上出售。这时的腊肉看起来非常好看，用刀割一片，看起来是透明的。

陇西腊肉一定要在热的时候吃，这样口感最好。腊肉的吃法很多，最经典的是夹馍吃。用馒头把热腾腾的肉片夹上，吃起来绝对好。因为风味独具的腊肉，陇西也被命名为“中国腊肉之乡”。

（摘自《读者·乡土人文版》2012年第8期）

陇之面

李西岐

面，粮食磨成的粉，面的繁体字为“麵”，也说明最初的释义是特指小麦粉的。

陇上自古多产良种小麦，陇东、陇南和天水乃天然粮仓，河西走廊则是我国重要的产粮基地之一。陇上气候东西差异较大，加之日照时间长，故小麦颗粒饱满，面粉筋道，宜做各类面食。故面食种类繁多，风味迥异，如庆阳的荞麦面、平凉的臊子面、天水的扁豆面、陇中的浆水面、临夏的羊肉面、兰州的牛肉面……各具特色，色香味美。南人性柔，且居水洼湿地，以鱼米之食津津乐道；北人性刚，居住低厦寒窑，多以肉面饱食终日。面食在我国历史悠久，源远流长,甘肃的面食更是名列榜首,考古学者已经从4000年前的齐家文化遗址发掘中，在一个倒扣的碗里发现了面条。

唐代刘禹锡诗云：“举箸食汤饼，祝辞添麒麟。”宋代苏东坡诗曰：“剩欲去为汤饼客，却愁错写弄獐书。”诗人笔下的“汤饼”就是今天的面条。在陇上诸多面食品种里，兰州牛肉面名列榜首，声名远播，已在全国乃至全世界都大名鼎鼎了，与黄河铁桥、白兰瓜、水车、《读者》杂志一道，成为代表兰州独具地域文化特色的名片。如今在外地人眼里，牛肉拉面就是兰州，兰州就是牛肉拉面。不容置疑的是，牛肉面使兰州、敦煌和甘肃的声名鹊起，让外界认识和了解了兰州，弘扬了甘肃悠久醇厚的历史文化。

兰州牛肉面出身卑微，不像龙须面、岐山臊子面等面食，有着显赫的贵族背景。1915年，在兰州城的陋街背巷里，一个叫“马保子”的个体户是开创者。牛肉面的“祖师爷”马保子家境贫寒，自小聪慧，学得一手烹饪的好手艺。他开始只能小打小闹，挑着担子沿街叫卖，一头是面条和牛肉块、白萝卜、蒜苗、香菜等辅料，一头是火炉，炉火上架汤锅，锅里热着夜里慢火熬煮的牛肉汤。食客由最初的不屑一顾到蜂拥而来，这段时间大概持续了有4个年头。马保子的担子已经不能满足更多人的食欲，于是在1919年华夏风云变幻的岁月里，他也悄无声息地进行了一场牛肉面的“革命”，兰州第一家“马保子牛肉面店”在东城

兰州牛肉面

壕北口（现在的张掖路商业步行街一带）开张了，一场近百年来牛肉面的“变革”从此拉开了序幕。由担及店，不是一加一等于二的累积，而是九乘九的飞跃。

马保子为了精益求精，又开始在牛肉汤里加入羊肝汤，用天然纯净青草为食的牛羊之肉，其汤馨香入鼻，汤清味鲜，爽美不可言。接下来，他为了使面更加筋道，选择用榆中北山和皋兰一带的冬小麦，只提取60%的面粉，和面时淋入温盐水，拌成絮絮状，再揉均匀。后来，他又发现一种戈壁滩上生长的蓬草烧制的蓬灰，把它加进面里，既有一种芳香的特殊味道，又能使面更加柔韧筋道。他不但对牛羊肉的选择十分挑剔，非“吃的中草药、喝的矿泉水、走的黄金道”的牛羊不用，就是对辣椒、白萝卜、蒜苗、香菜等，也要用产于天然无污染的水和农家肥浇灌的。他匠心独具、精心设计的配方，以及以诚待客、严谨务实的精神，既是兰州牛肉面长盛不衰的真谛所在，也是兰州牛肉面至今遵循的秘诀与行规。

兰州清汤牛肉面讲究“一清”“二白”“三红”“四绿”“五黄”，是老少皆宜、色香味形俱佳的大众食品。“一清”：汤要清爽。“二白”：白萝卜有白人参之谓也。“三红”：辣椒油红，开胃健脾。“四绿”：蒜苗、香菜绿茵茵令人垂涎欲滴。“五黄”：面条又黄又亮，又光又筋道。食客进店来，交钱拿碗，拉面的师傅问：“师傅，下啥哩?”食客视其所好，或“毛细”，或“三细”，或“二细”，或“韭叶”，或“荞麦棱”，或“薄宽”，或“大宽”……选其一，拉面师揉、扯、抻、拉，使出杂技或太极般的功夫，一眨眼间，便把拉好的面扔进滚烫的锅里，令人眼花缭乱，叹为观止。

日复日，月复月，年复年，岁岁年年，年年岁岁，兰州城里冉冉上升的朝阳，往往先沉醉在牛肉面飘浮的香气里了。无论达官显贵，不管贩夫走卒，进得店来，一律自己购票端碗，绝对的公正平等。牛肉面馆里，从来不会有人打架斗殴，亦不会争抢桌椅板凳，人人自觉得仿佛进了教堂，身心通体舒泰，温文尔雅，谦谦若君子，娴静似淑女……满堂里只有此起彼伏的嚼咽声与“咕咚咚”的喝汤声。

一方水土养一方人。兰州牛肉面和兰州人豪爽的性格，成就了农耕文化与畜牧文化的相互交融、相互依存和相互促进，它也造就了乐山乐水、兼收并蓄、激流奋进、包容纳新的独具一格的兰州地域文化的风采。一个身处异乡的人，自然体会不到一碗面对一座城市有如此巨大的影响力。那些坐在窗明几净的高楼大厦中只会搬弄词典的所谓经济学者，永远不会读懂牛肉面碗中所包含的独一无二的经济学。

牛肉面的馨香从百年前飘然而至，它必将潇潇洒洒地飘向未来。

（摘自《读者·乡土人文版》2008 年第 1 期）

炊烟下的那片土地

林　野

一

山地的炊烟，像有根似的，不时就长出来，然后枝叶散漫各处。紫烟下，必有人家。行走在山道上，常常只望见云雾一般悬浮并和树枝纠缠不清的烟幔，人家藏在深处。走近的时候，你会发现那些顺山坡的趋势错落分布的院落。“——大（爸）——吃饭喽！”哪家的饭快要熟时，孩子便跑到院边或院子附近的山嘴上拉长声调喊叫着。远远的山坡上便有人应：“来——了。”一呼一应，声随空谷游走。不大一会儿，三三两两的庄稼人，沿村路向庄院走来。那粗粗细细的说笑声一拐弯儿就淡远了。紧接着，传来几声门拐儿“吱咯咯”转动的脆响，这时候，烟囱开始狠命地冒出浓烟。

吃，是庄稼人的头等大事，不少时辰和节令都按吃来定义或命名：干粮时候、饭罢、吃黑饭（晚饭）时。农历二月初二，家家忙着炒豆子，据说是为了爆瞎鸟雀的眼，免得秋后糟践粮食。五月五，每家每户的门楣上、屋檐下插着柳条，小孩子的胳膊腕上绾着五色线。家里的每个人都吃着自家的那张制作得花样各异的锅盔，叫“吃五穷”或“吃故穷”。

陇中一带的这种习俗和屈原没有牵扯，倒与伍子胥关联。八月十五，吃自家烙制的月饼过中秋，没有广式京味的区别。腊月初八，吃腊八粥，老家的“腊八粥”没有八样数种，大多数人家用小米和白面做。这天做的饭，总是比平时少，吃到最后要有人说“不够吃了”，好让灶神和土地爷听见，上天报告给玉皇大帝，来年多赐些五谷。

“吃过了没有?”这是很传统、很地道的问候。吃，吃，吃，人活着不仅仅为了吃，可不吃怎么能活着?

二

俗话说，巧妇难为无米之炊。这米就是人们惯常用的一种粮食。粮食，是农人在叫田的那些土里种出来的。

想那远古的先民，硬是用粗陋的石头工具，一下一下垦拓出一片片点籽栽根的地方。后来，就有了铁犁、铁锄、铁……这些坚挺而耐用的器物，在农事的血脉里，传承了数千年，至今仍厮守着黄土地和它的主人。土里有消磨为尘粒的铁，铁农具上有永远擦不完的土。田土，永远是庄户人的命根子。多少个年月，庄户人用他最纯熟的技术和最传统的工具亲近着，反反复复亲近着。拦坝，围田，平整，堆垄，翻耕，施肥，点播，锄草，间苗。东坡种块小麦，西沟撒片高粱，北岭点畦豌豆，南洼播垧谷子。耧铃的滴韵里，他们深一脚浅一脚，点播着汗水，点播着遥远的秋天。只要牲口能站得住的地方，就会变成田土，只要能生长出粮食，就敢往那些田土里播撒种子。

他会为一堆霉发得热气腾腾的粪土而喜上眉梢；

他会看着干得冒烟的土地捶胸顿足，大骂天气……

几乎所有的构想、心智和气力，都倾注在田土里，企盼着季节的流风和天上的雨水化成一粒粒金子般宝贵的粮食。那属于他的田土，像他分封的疆土。那些土地上随风摇曳的一茬茬五彩斑斓的庄稼，像跪落膝前山呼万岁的子民。是的，他是那一片真真切切的田地上的皇帝，每一次丰收，都是他恩威并举而取得的胜利。他又同时膜拜土地，敬仰土地，焚香许愿，祈祷雨顺风调。

他永远夹在粮食和土地之间；

他永远夹在天空和土地之间。

他和庄稼一样在田地里生长着，能伸出玉米那样宽阔绿润的叶片，也能开出苦荞花般凄艳的微笑。

他在种植庄稼的时候，把自己也种植在了这片泥土里：土炕、土墙、土窑、土院，耳朵里掏出来的是土，头发里抖落的是土，衣兜里翻出来的是土，鞋窝里倒出的还是土。

三

在老家，最忙的是夏收。

“麦见黄，三天搬上场。”这流传至今的乡谚道出了庄户人收获时的焦灼和紧迫。打牛千鞭才得粟米一粒，有黑没明地操劳好多时日，盼的就是收成。天色刚透亮，庄户人都不约而同地从香甜的夜梦中走出来，走向麦田。待迟起的太阳羞红了脸从东边云层里露出时，庄稼汉子的身后已留下一片散发着新鲜泥土素馨的空地和一个个的麦捆。渐渐热起来的阳光，照耀着那金黄的麦田和它的收获者。草帽沿下的赤红脸膛，真像一朵朵向日葵，热烈地开遍山地。汗水的小溪从黑森林一样的发丛中流出来，在敷了土粉的面颊上写出一道道河纹。

麦收时节，山杏儿也开始黄了。当地人把这个时候熟的杏儿叫“麦黄杏儿”。如果提一帽兜到麦地里来享用，那大概也算得上是天底下的舒服事。

麦子收倒，庄稼人悬着的心才会放在膛里。歇上三五天，就开始运麦。或背，或担，或用牲口驮，或用架子车拉。用不了几日，那散放在沟沟洼洼、坡坡梁梁的小麦都被集中到了禾场上。一个一个的大麦垛，比个头儿似的，站成各种姿势。这时候，若碰到谁的笑脸，那该是从骨子里流出来的舒坦。

麦子一上场，只要吃粮不紧巴，庄稼人坐也稳当卧也稳当。直到入冬闲下来，才慢腾腾瞅个好天气打碾。

人，一圈一圈转着；牲口，一圈一圈转着；村子四周逶迤的山冈也一圈一圈转着……

四

故乡的人缺水缺怕了，就狠命在庄院附近挖窖。雨水多的时候，蓄备起来，以防天旱时愁粮又愁水。多数人家的院子总是打扫得干干净净，因为庄院的排水道连通着自家的水窖，天一落雨，积水就可自流灌入窖里。冬天，则往窖里贮放积雪。家家户户的窖上都防贼一样挂着锁，怕有些缺水的人偷用。一些姑娘找婆家时，除了向媒人打探是否富裕外，还要问其家里有几个水窖。我不由得心里诅咒：上天真是不公平，偏偏要给这片土地造太多的山，却不配以充足的水。秦腔里有一折子戏叫《李彦贵卖水》，李彦贵卖水卖出了一段亲缘。老家的人，对这出戏总是百看不厌。

故乡人用水格外节俭。半盆水往往是全家人洗一遍手脸，最后也不倒掉，留着给鸡猪拌食。阴雨天，屋面或窑沟里的水流动成珠线的时候，即使自家的窖里蓄满着水，也习惯地把水桶、水盆、水缸一应物什搬到檐下去接水。

想起孩提时，那豆大的雨点把我家院子里的积水敲打得冒起小白泡，随风明明灭灭。我们兄弟姐妹几个，高兴地在台阶上又蹦又跳，并齐声喊着："一点一个雨泡子，三天不摘草帽子。"爷爷在屋子里听到了，撺掇我们继续喊叫，说越喊叫，天下的雨就越多。我们便使劲嬉笑着喊叫，想把天上的雨水都引下来。檐滴，时而疾，时而缓，叮叮咚咚落入器物的声响，真像后来我在北京音乐厅听过的一支钢琴曲。

（摘自《读者·乡土人文版》2001 年第 10 期）

到了塞外，才会相信一些事

张佳玮

真到了阳关，才明白王维何以在“西出阳关无故人”之前，感怀“渭城朝雨”“客舍青青”。就像真到了玉门关，才明白为何“羌笛怨杨柳”“春风不度”。

因为在阳关与玉门关，确实满目灰色与黄色。雨少，几无绿色，更遑论春风。

班超老了，求天子，“臣不敢望到酒泉郡，但愿生入玉门关”，情辞哀婉。我真到了玉门关，才知道他不是矫情——酒泉与敦煌，好歹有树，有云，有水。出了玉门关，戈壁大漠，一无所有。

到了塞外，人便显得极其渺小。天地茫茫，随便一片垂天长云便如大鲸，看得让人气短。阳关附近，晴天时太阳像个白炽灯泡，因为飞沙漫天，天色昏黄。周遭风景是好，但风沙让人睁不开眼。

再往前，到雅丹，天空便蓝了。因为雅丹地貌多碎石与冻土，几无黄沙。奇岩怪石，天空湛蓝，无植被。阳光强烈，灼人双目。

真到了塞外，零下十二摄氏度的气温，山无草，水结冰，风吹得人睁不开眼。看着不远的地方，总也走不到，大地宽广得令人绝望。于此情境，能克服恐惧与绝望一路向前的人，比 15 世纪前冒死远航的船长，也不遑多让。

到了塞外，才让人相信，行军比打仗要艰难得多。沿途看见冻实的冰河，悠长无边的水线，景色有一种非人间的气度。

午后，天空湛蓝，小柴达湖表面一片灿烂，湖水冻实如玻璃一般。到日落时，阳光不再强烈，冰面变得五彩缤纷。温柔的光线、烂漫的芦苇与冰冷的朔风，恰成对比。像一杯看着热气腾腾，品来却冰寒割喉的酒。

塞外的天色真奇怪。

车上昆仑山，见远处有皑皑雪山——“青山原不老，为雪白头”。到得昆仑山口，人的嘴唇都慢慢变得灰白。

在塞外，一切都变得巨大。风、云、雪、山，皆空旷、寂静。在车里半睡半醒的人，拍着照，发着朋友圈，偶尔说几句诸如信号不好、路不平之类的话。终于有人说："有路就挺好了，居然还有信号。最早在这里修路、修电线杆的人，那过的是什么日子啊！"

这么一想，忽然觉得塞外的伟大，已然淡去。我似乎看到许多人影，在漫长的路上前行。

虽然到了塞外，会觉得天地之辽阔，衬托出人类之渺小，但走得越远，越发现，每一处竟都有人类的足迹。

（摘自《读者》2018 年第 4 期）

黄河象：尘封45年的绝版记忆

禄永峰

在人民教育出版社2002年版的小学语文第十册课本里，有一篇《黄河象》的课文令许多人记忆犹新，课文介绍："北京自然博物馆的古生物大厅里，陈列着一具大象的骨架，这就是古代黄河象骨骼的化石。"

1973年的春夏之际，黄河象化石出土于甘肃合水县黄河流域。它身高4米，体长8米，象牙长达3米，仅发掘出的象头骨就重达3吨。

黄河象出土细节一直鲜为人知。是谁发现了它？又是如何从山沟沟运往北京？

1973 年的春天，许俊臣作为甘肃省合水县文化馆的一名工作人员，他参与了黄河象化石勘察发掘全过程。

许俊臣，是当时组建的三人勘察组成员之一，另外两人是甘肃省博物馆考古专家谢俊义和兰州大学地质地理系教师谷祖刚。封存了 45 年之久的珍贵记忆，只能从一个个亲历者那里寻回。

一

在甘肃省庆阳市，有母亲河之称的马莲河是庆阳境内最大的一条河流，古称湟涧，汉代称泥水，北魏后称马岭河。唐代因两大支流马岭水和白马水在庆城南汇合，故而将庆城以下的河段称马莲河。马莲河途经合水县何家畔乡和板桥乡。

1972 年底，合水县计划在板桥公社马莲河畔穆旗生产队修建豁口水电站，利用马莲河水灌溉附近几千亩土地，提高粮食产量。对于干旱的黄土地来说，这是一个非常好的消息。

时任甘肃省合水县粮食局局长的姜登畔是一位 1938 年参加陕甘宁游击队的老革命，他担任工程总指挥。姜登畔一方面按照施工设计要求，虚心向水利专家请教，和同事们研究施工方法，一方面会同板桥公社领导，发动群众，组织施工力量。当地许多农民扛着家中的镢头和铁锨，挑着笼担，推着架子车等农具，积极投入工程建设中。

当时既没有现代化的挖掘机，也没有现代化的推土机，完全是靠人工作业。大家人手一把农具，手挖肩挑，装车的装车，推土的推土，开山筑坝，修建水电站。虽是冬季，但大伙的热情非常高。

1973年元旦，姜登畔没有回家，坚持在工地工作。时间到了1月20日，姜登畔早晨和大伙出来施工时，本来冬季的天很冷，可是这天，太阳很红很温暖。像往常一样，工地上车水马龙，人来人往，十分繁忙。当天下午两点多，河岸西面山坡上，群众突然乱哄哄抢开了什么，有人喊着，挖出“龙骨”了，有人抱着“龙骨”向村里跑。当时和群众一起干活的姜登畔立即循声赶过去，很快制止住了哄抢的群众。他走到“龙骨”前，捡起一截碗口粗壮的像石头又像骨头的东西，看上去非常圆滑，而且十分坚硬。他发现断截还在沙土里，是什么这么长？（后经挖掘才知道，当时姜登畔看到的是最先被发掘出土的象牙，经整理复原后，象牙长3.04米）黄土下面到底埋藏着什么？姜登畔不知道，他果断决定：这肯定是个宝贝，应该上缴国家，谁也不许乱挖乱动。

姜登畔让闻讯赶来的生产队长带人去收回被群众哄抢走的“龙骨”，并指派两个民兵拿着一截“龙骨”，赶往15公里外的县城向县文化馆报告，组织群众用枯树木栽插标志，围了一圈。

第二天清晨，有一定专业知识的合水县文化馆工作人员许俊臣赶到工地察看后认为，这是一个未知的古生物化石。他当天赶回县城，向县领导汇报。县领导让姜登畔加强现场保护，彻底收

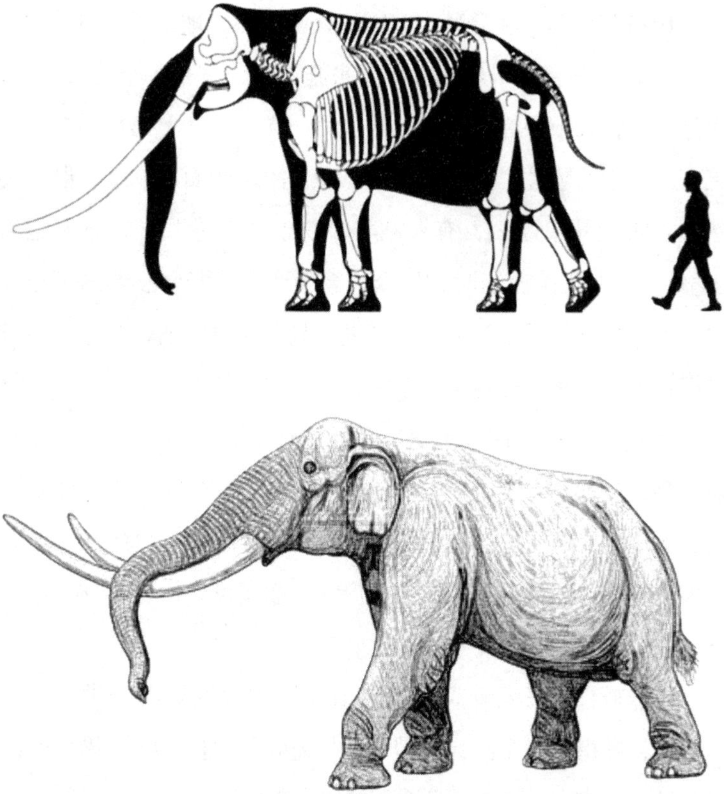

黄河象

回民工已拿回家的“龙骨”，同时电告甘肃省文化主管部门。随后，合水县派出民警，保护现场。

甘肃省文化主管部门闻讯后，马上发函报告给中国科学院古脊椎动物与古人类研究所，又着手组织人员前来勘察。因为甘肃省里的工作人员还未抵达合水县，“龙骨”的消息又不胫而走，偷挖的人越来越多，尽管千方百计采取了各种力所能及的保护措施，但大象的两枚门齿还是被偷挖了一小截。

二

时间过去了 20 天，3 月 10 日，甘肃省博物馆谢俊义、兰州大学地质地理系教师谷祖刚来到合水县，与许俊臣组成三人联合勘察组。

3 月 18 日和 19 日两天，勘察组到现场进行勘察。他们从外露的大象门齿断面向内试掘了一米，发现门齿内伸 50 厘米后，与上颌骨衔接，估计是一具保存较好的大象躯体。可惜外露的门齿多已散失，庆幸的是，左门齿在地层埋藏的痕迹仍然完好保存，为后来的修复提供了科学依据。

勘察黄河象化石的消息，很快传到了正在甘肃合水进行地质勘探工作的石油地质部门，长庆油田会战指挥部的技术人员也到现场进行考察，并将这一消息再次电告中国科学院古脊椎动物与古人类研究所。

3 月 21 日，勘察组接到中国科学院古脊椎动物与古人类研究所电报称：“接长庆油田指挥部报告，合水地区发现大量化石，请你们保护现场，我所将派人前往。”

4 月 1 日晚上，中科院的赵聚发抵达西峰镇。赵聚发说：“接到电报后，得知是大象，不是爬行动物，其他准备来的四位科研人员都不来了，要我一人来帮助省里把化石发掘出来。”

4 月 5 日，由中国科学院古脊椎动物与古人类研究所赵聚发、甘肃省博物馆谢俊义、甘肃庆阳地区文化馆韩天保和许俊臣组成四人发掘队，在合水县豁口水电站建设工地开始正式发掘。

发掘工作顺其自然环境，采取了大揭顶的办法，即以大象化石暴露处为基点，按山坡地形向两边各延伸 2 米，向内延伸 4 米，从上而下层层挖掘。4 月 9 日，大象头骨暴露出来。随着发掘工作的不断进展，大象的脊椎骨、腿骨、肋骨、肩胛骨、盆骨、腕骨等相继出土，证明确实是一具原地埋藏、保存甚好的大象躯体。大家高兴极了，赵聚发更是兴奋，他说像这样完整的大象化石，他们研究所还没有呢！应该是全国第一。

挖象头对他们而言是一个空前的挑战，最难挖的就是它了。象的大脑内是蜂窝状的结构，一旦挖破，头部就有可能碎成残片。他们决定用套箱法整体发掘。先估算出象头的大小，然后做了一个没有上底盖的木箱，将象头四周开槽，套入木箱，再灌入石膏，铲平封上顶盖。将木箱慢慢推倒，底部翻上来，再灌入石膏加固封了底盖。这样象头就成了一个整体，不会破碎。

埋藏的化石刚出土时十分疏松，稍不留神就会损伤，所以发掘工作十分细致艰苦。挖掘出的化石在晾干的同时用药水渗透加固，不然就会自然风化散开。经过一系列的认真处理，4 月 16 日开始收取左肩胛骨，上面的取掉了，再挖压在下面的骨骼。发掘从 4 月 5 日开始，到 5 月 17 日结束，除去雨天，整整发掘了 35 天。

发掘中，中科院古脊所来电报说，要仔细发掘，询问人力物力情况，并且说有什么困难就来电。古脊椎所还发来电报说，化石先运来北京观察研究，如果甘肃需要时再送回来。当时甘肃负责文物工作的王毅决定，化石先运北京，归属问题不要谈。

三

干旱的黄土高原怎么会有大象呢？周边群众把这一发现当成奇闻趣事，长途跋涉数百里，成群结队赶来参观。在发掘的这些天里，前来参观的群众达 2 万多人。高潮时，一天超过千人，西峰发往合水的客运班车延长至工地。县城食堂在工地搭棚营业，沿路卖餐饮的摊贩不计其数，比过年庙会还热闹。

一边是群众的热闹喜庆，一边是发掘工作有条不紊地推进。经过整理，挖出的大象各个部位骨骼，整整装了 12 大箱。为了确保头骨的绝对完整，他们采取了就地用厚木板将四周固定，用石膏封闭，上下加盖的办法，装得十分牢固稳妥。

不可回避的问题又来了，庞大笨重的象头怎么从山梁小道上运到公路上去呢？（后来在西安过磅，才知道这个箱子重量达3000公斤）开始19人用绳索拉，未能奏效，后来又增加到42人拉，仍未拉动，再用3吨教练车拉，整整一天，仅移动了5米。发掘点到公路相距500米，唯一的办法只有修筑简易公路，再用拖拉机拉。

合水县很快调动了数百名群众，从5月20日开始，仅仅用了三天时间就修成了3米宽的道路。县拖拉机站“东方红”履带式拖拉机开到发掘地点，庞大的大象头骨终于被拉到了简易公路边。

运输又成了问题，当时汽车很少，大部分都是三四吨的小车，去哪里找大车呢？赵聚发给长庆油田人打电话，让他们出动车辆帮忙。长庆油田出动两辆车，一辆载重十吨，另一辆载重六吨，又来了一辆吊车。谁知，吊车却在半路上坏了。

他们又发愁了，只好继续采用土办法，先挖了一个土槽，将车开进去，然后，再请来东方红拖拉机往车上推。这一折腾就是几天，直到5月28日才全部装上了车，连夜赶到了合水县城。29日离开合水县城，30日交到西安西站货场上火车。从此黄河象一去不复返。

当年，中国古脊椎动物学奠基人、长期担任中国科学院古脊椎动物与古人类研究所新生代研究室主任和该所首任所长的杨钟健教授，还特地为黄河象赋诗一首，诗曰：

史前古象视力差，狂走失足埋荒沙。
石化不计年与月，一朝引动考古家。
每块遗骨尽心采，最后移运几多车。
不辞辛苦精修理，启取骨骸与齿牙。

四

黄河象化石运抵北京后，中国科学院古脊椎动物与古人类研究所投入 30 多人进行修复、复原和装架。装架后的古象身高 4 米，体长 8 米，门齿长 3.03 米。个体之大，时代之早，保存之好，是迄今为止世界唯一的发现。因为古象化石出土于黄河流域，故定名“黄河象”。

1974 年 10 月，黄河象化石在北京自然博物馆展出。黄河象化石骨架能够这样完整地保留下来，在象化石发现史上十分罕见。黄河象化石的发现，不仅为古生物研究提供了可靠资料，而且对研究甘肃庆阳黄土高原形成前后的生态环境提供了难得的科学依据。

黄河象化石在北京展出后，在全世界引起轰动。后来，它作为中国人民的友好使者，漂洋过海，到日本和新加坡展出，受到热烈欢迎。上海、天津、兰州等城市也先后复制展出了黄河象化石。通过这些博物馆和小学课本上《黄河象》那篇优美短文，黄河象走进了一代又一代人的记忆中。

然而，在过去的45年里，参与挖掘黄河象骨骼化石的农民，却一直没机会看到他们亲手刨出土的大象那具高大的身躯，这不能不说是一桩憾事。不久前，甘肃庆阳市及合水县也有了黄河象骨骼化石的原样复制品，庆阳人也能够在黄河象的故乡看到黄河象高大威武的神采了。

（摘自《甘肃日报》2018年6月6日）

丝路旧镇——行走渭水河谷

鼠曲草

古丝绸之路自长安以西，分作南北两道。北道从彬县沿泾水、萧关过陇山，经固原、会宁抵达兰州。这条路虽然较短，但沿途补给不便，人们多选择更为迂回的南道。南道经凤翔、陇县，从大震关过陇山，然后沿牛头河南下至天水，继而溯渭河而上，过鸟鼠山经临洮北上兰州。60 多年前，人们用数十个隧道贯通了宝鸡和天水间的崇山峻岭。随着这条横贯中国东西的交通动脉的建成，盘桓于陇山、秦岭间的传统道路渐渐退出历史。2016 年初春，我从西安出发，翻越陇山，沿古丝绸之路南道抵达兰州。浑浊的河水奔流于谷底，小城散布在河谷的宽阔处，香客们像千年前的供养人一样在石窟前敬拜，陇原上的农民乘坐廉价的绿皮车从小镇赶赴都市。这些原始又平淡的生活，因着那曾经的丝绸之路而让人浮想联翩。

陇山

位于关中平原西部的陇山，是唐人西行的第一道屏障。因山中关隘是由陕入陇的重要孔道，陇山也被称作关山。

天宝十三载（755 年），诗人岑参从长安出发远赴北庭——这是他第二次出塞之行。岑参走的是南道，几乎每处重要的节点都留下了传诵至今的诗歌。

悠悠千载已逝，因为山高路险，如今两省之间很少有人由此通过。起初，我们计划从陇县固关徒步翻越陇山，甚至幻想能够像“陇上行人夜吹笛”的唐人一样欣赏关山之月。刚刚过了正月，关中平原早已绿满枝头，这里却还穿着冬装。听说要过陇山，乡民一个个把头摇得像是拨浪鼓。山路曲折不说，最怕山顶的积雪不曾融化。

一位四十多岁的苟师傅答应带我们过山。为了保险起见，临行前他带了铁锹和防滑链。固关镇的尽头有一条与汧水平行的水泥路通向陇山那头的甘肃。车子路过佛爷崖石窟、固关战斗纪念碑后，山路变得既窄且陡。同伴突然想起唐代《陇山鹦鹉》的传奇，随口询问苟师傅山里是否还有鹦鹉？苟师傅愣了一下，连说没有没有。此刻，车内播放的是韩宝仪的《粉色的回忆》。

地面落石越来越多，从一段覆有薄冰的路面上开过就可以望见残留着山雪的垭口。苟师傅说：“咱们运气好，今年天气暖，往年四五月份才能过得去。”水泥路在陕甘交界的垭口画上了句号，甘肃一侧俱是颠簸的土路，手机在这里没有任何信号。几百个啤酒瓶子堆在一个帐篷前，据说夏天还有人来这里烤羊。甘肃境内的溪流尚未融化，山林枯黄，愁云惨淡，连电杆也是木头的。

张家川

一路上只见到一辆陇 E 牌照的小车驶往固关方向。

下了山，气温略略高了一些。马鹿是陇山西侧甘肃境内的小镇，苟师傅把我们放在镇中心热闹的集市前，收了车费兀自逛去了。

镇上有许多去往张家川的面包车，人满即开。与马鹿镇隔着道盐碱梁，30 多公里外的张家川地势还要低一些——不敢想象，几个小时前我们还在寒气逼人的陇山上盘桓。

张家川的道路为赶集的人群阻塞，其规模远大于马鹿镇。路边的食物夸张而诱人：油圈圈、盖帘儿、油饼、锅盔、小饼子、甜醅、酿皮子，还有二十多厘米高的豆腐，硬得可以坐上去。在书摊上见到一本五十年代赴朝慰问纪念册，里面记录了几十个家常菜的做法，作者一定是个热爱生活和家庭的人。

2006 年，县城 17 公里外的马家塬上发现秦戎时期的高等级墓葬群，为这座关山脚下寂寂无闻的小县带来填补历史的机遇。相较于厚重的先秦历史，1953 年因民族区域规划析，甘肃清水、秦安、庄浪和陕西陇县形成的张家川显得非常年轻。

离开张家川前，我们来到县博物馆。正在政治学习的馆方专门为我们打开了展厅，并有工作人员专门讲解。马家塬出土文物除了一部分收藏于省考古所，大多保存在县博物馆里。作为丝绸之路上的重要一站，来自马家塬的文物成为国内各大丝路展的常客，几件镇馆之宝更是常年在外借展。

天水

出张家川县城，班车向南扎进怪石嶙峋的大山中。阴郁的山体没有一丝绿意，山腰处一孔孔废弃的窑洞仿佛瞎眼的老妪。

像千年前丝路上的客旅一样，我们走在峡谷底部，始终与河流相伴，先有后川河，后是牛头河。

随着牛头河注入渭水，班车也驶入陇东重镇：天水。沿渭水河谷而建的陇海线打通了阻碍陕甘两省的高山，也使得“秦山遥望陇山云”成为历史。我们住在火车站附近的麦积区，这儿距离伏羲庙所在的市中心秦州区还要沿着渭河走上 20 公里。

伏羲庙　渭水谷地道教建筑的代表。和天水地区丰厚的历史沉淀相比，厕身于伏羲庙里的博物馆本应更加精彩。伏羲庙前新修了广场，两侧的平房都是古玩店，除了那些来路不明的只能称之为工艺品的东西，也有些本地坑口的铜钱及近现代的杂项收藏。某店老板取出一枚银质秦半两，索价两万元；另一枚包在纸里的锡质半两则要便宜许多。

市中心的文庙被以“文庙”命名的商场挡在阴影里。文庙西侧有碑林，多是保存堪忧的明清旧物。其中有碑文记载一位温太师捐了300两银子，存在钱柜，用利息给生员们买些书籍。几百年过去了，温太师和生员们早已湮没于历史尘埃，唯有这碑仍在提醒后人应当如何尊重知识。我们坐在文庙的院中，阳光懒懒地洒在身上，偶有微风滑过。背后是初开的玉兰，春天就这样开始了。

麦积山

赭红色的麦积山是秦岭中一座孤立的山峰，山林环绕，水草丰美。即便到了今天，从城中去往这里的道路还是又长又破。二十世纪五十年代初，敦煌研究院在此考察期间还曾与豹子相遇。

同云冈、龙门、敦煌乃至新疆诸石窟相比，麦积山石窟重新纳入人们视野是非常晚近的事情，这也使得这座石窟幸免近代以来因无知和贪欲而带来的破坏。对于处在中国主要地震带上的天水来说，地震才是麦积山最大的敌人。唐开元二十二年（公元

麦积山

734 年）二月的地震，使得麦积山崖壁大面坍塌。今天的麦积山东崖和西崖之间窟龛稀少，据说这部分山体便是毁于那场地震。这场地震发生的 8 年后，诗人杜甫流寓天水，麦积山下堆积的乱石仍旧使其震惊。我查阅过史书中天水地区 1000 余年来关于地震的记载，深深觉得这座石窟能够大致完整地保存至今简直是个奇迹。

在我去过的石窟寺里，麦积山算得上是最为险峻的。千佛廊的尽头连上两段台阶，透过金属踏板的镂空处可以看到大佛的头顶，大佛与崖壁的缝隙间有松鼠筑巢。有恐高症的男子在女友陪伴下蹲在地上，自我解嘲地说有喝了一碗油的感觉。与此同时，他的手机铃声响个不停，男子烦躁地抱怨：正紧张着呢，来啥电话?!

麦积山开窟始于后秦，兴盛于北魏，隋唐时期略有增建，后世能做的只是不断地修缮。麦积山以彩塑闻名。早期窟龛集中在西崖，那里都是封闭的洞窟，这些洞窟都被木门或木窗锁上，游人也稀少起来，偶有珍贵的更以防盗门封闭。东崖窟龛虽然有后世修补，但因体量宏大而成为游览的重点。

午后的暖阳中，我坐在距离地面 80 米的散花楼和牛儿堂的栈道上。近处是色彩绚烂的窟龛，远眺则是茫茫林海。阳光下，山体呈现出奇妙的粉红色，让人不愿离开。

甘谷

去甘谷颇费了些周折：我在天水错买了去往陇西的车票。在湿冷昏暗的陇西站外吃了一碗面后，又乘慢车往回坐到甘谷。

车上多是以家庭为单位出门打工的劳力。列车刚驶出站台，就有乘警不住地提醒乘客：“看好自己的手机、钱包啦！”头脑正常的人都明白这话背后的含义，于是我绷紧神经，并且努力地使自己看上去更加彪悍一些。

车近甘谷，远远地就可以望见渭河对岸山上坐佛的身影。坐落在城市北部的大像山，是渭水流域最重要的石窟寺之一。大像山是俗称，它的官称是文旗山。文旗山像是一组斜插在黄土塬前的刀片，建筑沿着山脊顺序排列。山上鸟瞰整个甘谷县，却是出乎意料得大。石窟寺西北方是绵延的土山，有盘转的水泥路通往塬上的村子。村民每日重复着西西弗斯式的运动轨迹，单调的风景更平添几分无聊。

大佛殿建在地面垂直距离200米的崖窟内，高23.3米，水波纹肉髻，面相庄严，静穆慈祥，前颈有三道弧形线纹，左手平放，右手施吉祥印。这是渭河流域现存唯一一尊唐代大佛。

明清以降，渭水流域的道教愈发兴盛，在同治初年战乱之前，大像山的石窟寺已多改建为道教建筑。现在，除了大佛，大像山的佛教遗存非常有限。每座建筑里都有一些守着香火柜的老年人驻守，像是一个个自给自足的小卖部。

甘谷是蜀国大将姜维的老家，大像山上有座姜维殿。渭阳业余文工团今天在这里有活动。姜维殿天井和两端通道都用浅绿色塑料布遮蔽，院里生了几个炉子，老人们挤在一起把极小的搪瓷杯放在篦子上熬茶喝。待我下山时，雪花落了下来，姜维殿的锣鼓已经敲响。坐在台下的老人并不大认真听，只是借着机会聊天。可惜，这里的方言我是一句也听不懂。

返回天水的火车上，一个满脸堆笑的男乘务员开始兜售物品。先是取出一台原价 298 元特价 60 元的机器人："春晚出现过，多么神奇啊！高档色彩感，真是高科技啊！"无人问津。他又拿出旅行三件套："原价 28，特价只需 10 元。多么实用啊！单单一个指甲刀地面上就得八元。"他的口音非常重，不细听几乎不明白他在说什么。

窗外的隧道一个接着一个，有弯道时甚至可以见到车头钻进山洞的过程。山间依然有散落的积雪，紫灰色的流云从山间飘过。

陇西

天水向西山洞极多。车前进方向左侧是秦岭，右边是黄土高原。山上糖霜一样的积雪，给它们增添了几分可爱。

陇西城内的繁华非火车站附近的文峰镇可比，城中街巷总是飘来一股淡淡的胡麻油香味；卤肉店、服装店、美发厅、教育、培训机构、面包店、单车店、咖啡馆、茶室、快递公司鳞次栉比；在鼓楼东侧的新华书店里不难见到许多新近发行的人文图书。

陇西县襄武街邮局是此行诸多小城中唯一有纪特邮票出售的邮局。在这里，我认识了一位文质彬彬的集邮爱好者：彭先生。他30年前随父母从河南来到陇西。单位里有不少支援三线建设的东北人，所以他的普通话带着一点东北味儿。他经常跟国内的集邮爱好者交换邮品，有一年《鸳鸯》邮票发行后，就曾去过三十公里外的鸳鸯镇为朋友们加盖邮戳。

为了三圣宫庙会，我们特地在陇西多待了一天。三圣宫是一座小小的道观，主体建筑在陇西旧城的一座跨街楼里，匾额“南安福地”为晚清有“字圣”之称的黄自元手书，他曾在陕甘为官，兴修水利。

热情的郭姐招呼我进去吃面，实在推脱不过便吃了半碗烩菜，汤里是土豆、白菜、粉条、豆腐、胡萝卜。今天是文昌君的生日，楼上供着文昌君和祖师爷。我问祖师爷是谁？郭姐扭头问身后的老婆婆，老婆婆一愣，然后机智地说：是管天下的！法会很隆重，本观的任道长特地请来了道行更深的莫道长和几位道士、女冠。法会的高潮，由任道长为信众分发写着“道经师宝”字样的符印。文昌君被认为是掌管读书的神祇，这一天前来求符的有几位是子女面临升学的家长。

拉梢寺

当我坐在陇西驶往武山县洛门镇的列车上的时候，大地尚被浸在黎明前的蓝雾中，透过玻璃勉强可以辨出天际线上苍茫的群山。

7504 次列车是唯一经停洛门镇的列车，起点是陇西，终点是天水，到洛门只需 3 元。虽是慢车，但各项工作井井有条。列车长衣着笔挺，乘务员穿着红呢子制服，据说都是新招来的。除了验票，她们的主要任务是反复打理车厢卫生。

洛门火车站位于一处高地，下面空场上停着去往水帘洞的班车。渭河南岸的洛门是商埠重镇，有旱码头之称，据说要比武山县城还要大上一点点。自古便是战略要冲，汉唐皆有大的战事在此发生。

水帘洞石窟群位于渭河北岸 10 公里外的深山里。从谷口进入景区还要在沿响河沟而建的水泥路走上不短的距离。这条路几年前刚刚重建，据说第一次修建时因为路面过低，被山洪冲毁。之前更漫长的岁月里，这里完全没有路，只能沿着河道走。

水帘洞石窟群由四部分组成：显圣池、拉梢寺摩崖大佛、水帘洞和千佛洞。

虽经后世不断修缮，但几处遗址仍充满了北朝浑朴豪迈的气质。建于北周的大佛崖是整座石窟群的灵魂。公元 559 年，北周王朝建立的第二年，蜀国公尉迟迥出任秦州总管，成为陇右地区的“封疆大吏”。也就是同一年，他和高僧道减发愿修造大佛。施工时，工匠从附近山中伐木搭建脚手架，完工后又依次拆卸，故名“拉梢寺”。尉迟迥在此任职不到三年时间，其经费估计无法完成如此规模的圆雕造像，所以留在石壁上的是结合了线刻、壁画的石胎泥塑一佛二菩萨造像。大佛通高 40 米，是国内同类造像之最。

由道人驻守的水帘洞石窟保存了几组北周时期的壁画。在描绘着佛祖和供养人的岩窟下，小孩子和长辈一起上香——来此游览的多为香客。每年农历二月初九到十九，这里都会举办规模庞大的庙会。距离庙会还有一周，狭窄的河道里，已经有小商贩陆续搭起摊位。

千佛洞在大佛崖以北一公里的峡谷深处。崖壁上残存窟龛状若蜂巢，大致能看出上下三层的布局。据记载，崖壁上原有包括释迦牟尼在内的七佛造像，目前唯一残存下来的是一尊高 1.2 米的大佛头。因为这七尊佛像，这里曾有七佛沟的别称。千佛洞主体建筑是 2002 年重修的三圣楼，由一个牙齿很糟糕的老和尚看管。

回到火车站已近五点。站在站台高高的山岗山，半个洛门镇铺在眼前。早春傍晚的凉风吹来，太阳被几块半透明的彩云遮住，炊烟袅袅，鸽子在低空盘旋。这场面，让人有些想家。

渭源

陇西去渭源县只有公路交通。

看不见的渭河就在路边几公里的地方流淌着。河谷和山坡都是覆膜的菜田——今天的渭水像是一条蔬菜河谷。山体隆起的部分苍灰，而凹陷的缝隙则裸露出赭红色。路过首阳镇，在一个简陋的饭馆前，司机停车吞下一碗面，整个过程不到一分钟——这里的早餐多为过热汤的宽条凉面。这里是除文峰镇外陇西县另一个药材集散地，陇中药材协会也设在这里。

汽车停在平桥头。渭河有三大源头，遵循“唯长唯远”的原则，桥下缓缓流淌的清源河被认定为渭河正源。河上有座木质结构曲拱单孔桥：灞陵桥。灞陵桥始建于明洪武元年，为徐达击败元军后重建，有“渭水第一桥”之誉。这是西北乃至北方地区少见的廊桥，桥上有不少近代政界要人题字，比如蒋介石题写的“绾毂秦陇”，于右任书“大道之行”等。灞陵桥完全封闭，距其不远另有水泥拱桥连接清源河两岸。

中午在渭水第一小吃城吃洋芋梭梭——在我看来就是用土豆做成的炒饼。农业部去年开始推动土豆成为第四大主粮作物，其实至少在定西地区，被称作洋芋的土豆早已是餐桌上的主食。这座苦寒的小城，路边小吃摊的主角全是土豆：炸薯片、炸土豆、土豆饼、土豆搅团。

天一黑，街上的店铺纷纷关门，只有郭老板的余香饭店还在营业。

55岁的郭老板个子高大，一头白色的自来卷。这间饭馆由他和儿子、儿媳一起经营。我吃面时，门外有个裹着头巾的女人向屋里张望。她戴着一副很脏的绝缘手套，衣服很旧，鞋子也快破了。我以为是来讨钱的。谁知她拢着袖子向郭老板走了过去，堆着笑脸问："有面么?"郭老板照旧很热情，大声地招呼："有!你想吃啥面?""最便宜的多少钱?"郭老板听了，声音小了些："八块钱。"我背对着他们，听得出那个女人有些犹豫。郭老板很诚恳地问："你想花多少钱?"那个女人犹犹豫豫地说："四五块钱吧。"生怕伤害她的自尊似的，郭老板特别柔和地说："好好！这就给你做个四五块钱噢！你先喝水噢。"女人坐在我邻近的桌子，双手捧着茶杯一点点啜着滚开的茶水，不住地吸着鼻涕。

我吃过饭就离开了，接下来的事情是第二天郭老板告诉我的。昨晚那个女人是陇西碧岩人，出门找工作，一天水米没打牙。郭老板给她的面加了量，也不收她的钱。那个女人也很要强，不肯占便宜，丢下十块钱就要走。郭老板把钱还给她说：咱们都是农民，知道在外不容易。你现在没有找到工作，等以后有工作了来吃饭再给钱。

人无法选择自己的出身，但可以选择与人为善的行为。

渭河源

“鸟鼠同穴之山，其上多白虎、白玉，渭水出焉。”——《山海经校注》

余香饭店的郭老板是鼠山人，鼠山便是古人笔下的鸟鼠山。那里绵延着高大的红色土山，至今仍有近代修建的禹王庙等建筑。虽东距县城不到 10 公里，但道路破烂，居民进出非常不易。城里人很少去过鼠山，甚至连名字也颇感陌生。

风光秀美的清源河无疑更符合人们对大河源头的想象。清源河在县城西南 20 公里外的红沟村，景区新修了高大的禹王庙和龙王庙，大路通向一块绝壁，其上錾刻左宗棠书“大禹导渭”。绝壁下有个被称作一线天的水洞，我来时冰层尚未融化。水洞那头是一条植被丰茂的山谷，这里没有手机信号，踏着山路可以走到新建的“鸟鼠同穴”景点和品字泉。路旁湿土积满去年的枯叶，石头上是一层青苔，水在薄冰下匆匆流过。进山一个小时后，陡峭的台阶被厚厚的冰层覆盖，春日短暂的阳光让冰面反复地开化又结冻，形成皱纹一样的肌理。清源河源头就在不远，我却只能下山了。

等车的工夫，我在红沟村中转了转。这里有两个小卖部，临街的那间由 60 多岁的王阿姨经营。黑土铺地，光线昏暗。她的三个孩子在外地打工，过年才回来，平时只有她和身体虚弱的老伴。王阿姨问我：“你一个人？一个人不要上去噢！山里有狼。

人多没有，一个人有。我们这里好不好？唉！就是困难得很。我们这里没有农家乐，都没钱弄。”

远山梯田新翻的红土像粉笔涂抹般地柔和，农民在山上播种春麦和洋芋。

临洮

因为地处流域分界，渭源和临洮两县的路走得十分艰难。

临洮的繁华让我一扫渭源几日的清苦。一路走来，深感陇东山间的河谷就像河西走廊的绿洲。居民往往集中居住在被巨大的山体切割成的狭窄地带，形成一块块飞地。在交通和文明的传播上与丝路上的绿洲很相似。

临洮城北 15 公里外的三十里墩，是秦长城的西端起首。司机不情愿地沿着盘山路把我们送到荒凉的塬上。在这里，低矮的长城被简陋的铁丝围栏保护着，上空的高压线吱吱作响。在这段长城的最高处，陈大哥和他的兄弟正在耕地。他们先是除掉去年覆在地上的塑料膜——废弃的塑料膜仍可以卖钱。然后像两千年前的祖先一样，扶着木犁牛耕。他在塬上有一亩多地，一半种苞谷，一半种洋芋。因为只靠降雨灌溉，生长期十分缓慢。清明前种下的苞谷，半年以后才有收获。陈大哥说，这里叫望儿嘴，他小的时候，城墙比现在还要高上一些，耕地时总能翻到些砖瓦和陶罐。

极目远眺，陇中黄土高原的辽阔和洮河河谷的秀美并存，洮河对岸的山脚下绵延不绝的是清真寺高耸的尖顶。唐开元二年(714年)，65岁的老将薛讷在此大败吐蕃。薛讷，就是《隋唐演义》中的薛丁山。

薛讷的大胜并未遏制吐蕃的紧逼，直到三十多年后哥舒翰出任陇右节度使才有所改变。临洮城里矗立的哥舒翰纪功碑便是唐人对这位将军的纪念。这通高达7.05米的石碑位于城内一处凹形的空地上。大块剥落的碑身露出石材本身的肌理，仅存74字的巨碑看起来像是一块天然岩石。

阿干

我曾从东乡大山下的科妥渡口渡过洮河。挖沙的趸船一次只能载上两部轿车，船身系着缆绳，由两位船工配合牵到对岸——临洮的太石镇。洮河在这儿继续向西北流去，80公里后，它将在永靖注入黄河。而通往兰州的道路却在这里折向东北。中铺镇之后是荒芜如火星般的石头山，狭长的兰州城就在山后的河谷里。

兰州工人文化宫附近有雷坛河流过，它是沃干河的下游。河岸挤满了去往阿干镇的面包车，司机大声招呼乘客：阿干！阿干！车道和民居占满了狭窄的阿干河谷，运煤的铁道只能筑在半山腰。每天往返于此的司机开得飞快，会车、转弯绝不减速。

阿干镇自明初便是煤炭重镇。经济好时，它甚至成为兰州的一个区，不过那是将近60年前的事情了。自二十世纪五十年代末开始，这里的煤炭资源开始逐渐枯竭。半山上的兰阿铁路早在十年前就停止运行，经过改制后的兰阿煤矿依旧处于破产的边缘，镇子里一派暮气。阿干河上有很多桥梁，苇丛中蛙声悦耳。河对岸的楼房早被认定为危房并限期搬离，但没有新房安置，居民只能继续住在里面。遍布镇中的佛寺、道观、教堂、清真寺从另一个角度衬托出这个封闭地区居民对精神世界的渴慕。

长约5公里的阿干镇是我见过最长的镇子。每段都以沟为名：高林沟、石门沟、西沟、刘家沟、石佛沟。从西沟向南经坪岭村，翻越关山岭，顺着马泉沟进入临洮境内，继续沿着河谷走可以进入临洮中铺镇。在二十世纪五十年代，七道梁山路建成之前，这条山间小路才是丝绸之路的必经之路。

时至今日，阿干镇每天早晨仍有一趟开往临洮的班车，似乎在顽强地昭示这座沉默许久的小镇曾经辉煌的过去。

（摘自《旅行家》2016年第11期）

诸葛亮六出祁山的“祁山”如今在哪？

马伯庸

祁山在甘肃省礼县东部，原来叫做祁山乡，2014 年改为祁山镇。

诸葛亮在历史上一共五次北伐，演义里六次北伐。这一系列军事行动被后世归纳总结成了四个字：六出祁山。诸葛亮在五次北伐军事行动里，走了三次陇西大道，走了一次散关故道，最后一次是褒斜道。由此可见，诸葛亮的整个用兵重心，在西不在东。

尽管诸葛亮一共只出过两次祁山，但从文化意义上来说，祁山已经成为诸葛丞相北伐的一个标志、一个品牌，或者说一个与他紧密相连的精神图腾。

出祁山就是北伐，北伐就是出祁山，两者密不可分。

为什么做出重西轻东的决策？原因有几个，比如陇西地区曹魏势力薄弱，且有氐、羌可资利用；比如陇西地区地势较高，且可居高临下直入关中，与汉中形成钳形攻势；比如诸葛亮用兵谨慎，不寄希望于一役，而是徐图缓进，陇西恰好可为一块坚实的踏脚石。

但还有一个特别重要的原因，让诸葛亮选择了走陇西地区？

从汉中到陇西，有一条相对宽阔的通道，叫做祁山古道。这条通道从东南的汉中盆地西源起始，指向西北，形如一条走廊。走廊的南墙是南秦岭和岷山山系——武都、阴平即在此处——北墙是北秦岭，完全是穿山寻地而行，婉转曲折，最后抵达祁山。到了祁山，就等于出了山区，一路开阔可抵天水。

这条走廊除了两端以外，还有两个出口，一个出口是在成县，连通散关故道，可以通过大散关直抵陈仓。暗度陈仓，就是走的这条路。另外一个出口在文县，这里古代叫阴平，有一条七百里的山路，直通绵竹。换句话说，无论诸葛亮是去祁山还是走散关，这里都是必经之地。所以他五次北伐，有四次都走的这条走廊，其重要性可见一斑。

从卫星图中可以很清楚地看到祁山古道附近的山势，这一带的地形相当复杂，西边朝青藏高原过渡，北边向黄土高原过渡，南边向四川盆地过渡，三大地质带在这里交会，可想而知地形有多么错综复杂。所谓的通道，只是一系列盆地、谷地、山峪和海拔相对比较低的丘陵组成。这种地形，勉强可以行军，但对运输辎重粮草来说，是个彻头彻尾的噩梦。

除非有河流可以帮忙。

古代搞后勤运输，效率最高的办法是漕运，也就是走水路。一条船运走的粮草，可以与几十辆车相当，且速度要快得多——哪怕是逆流而上，也比拉车更便当。这是摩擦力的选择。诸葛亮用兵的特点，就是依水而行。他走的路线，一定是有河流可以协助后勤。比如第五次北伐走褒斜道，是因为中途有褒水和斜水。

诸葛亮如此执着地走祁山古道，自然也是因为这里有水力之便。

天水南部有一座齐寿山，古称嶓冢。西汉水在这里发源，流经天水、盐关、祁山、永兴、城关，然后转向南侧，至石桥、江口、龙林、雷坝，掉头向东，进入西和县、成县，抵达略阳，与嘉陵江合流。西汉水的上游——古称漾水——和诸葛亮出祁山的路途完全一样。

另外嘉陵江的源头之一，发源于凤县代王山，流经两当县、徽县，抵达略阳，和西汉水合流。这条路线，恰好与散关故道相合。

西汉水和嘉陵江与祁山古道、散关故道几乎重叠。尤其是西汉水，它流经的地区完全就是蜀汉进攻陇西的路。诸葛亮如果沿西汉水逆流而上的话，从略阳登船，可以一口气坐船走西汉水、泥水河转耤水，直到天水城下，真是太贴心了。

而往南看，西汉水和嘉陵江一起汇聚在略阳，再通向广元，和从甘南过来的白龙江合流，三源合一，变成真正意义上的嘉陵江，恰与金牛道相接。换句话说，如果有必要，蜀中物资可以不必绕路汉中，从嘉陵江水路直接运抵略阳，接济北伐。从略阳到广元这条路，与嘉陵江重叠，因此又叫嘉陵道。

当然，这只是一个大略描述，其实祁山道的支流、支路甚多。比如祁山道在西汉水上游还分为铁堂峡道、木门道——这三个地名分别和姜维、张郃密切相关，熟悉北伐史事的人都知道——在中段还有寒峡道、龙门径、骆谷径、威武径，南端有覆津道、鸣水道、青泥河道、木皮岭道、白水路等，限于篇幅，就不详细说明，学诸葛亮观其大要即可。

总之，祁山古道、散关故道有西汉水、嘉陵江可资利用，这就是为什么诸葛亮北伐的大部分军事行动都围绕这条路展开。有水力漕运支撑，他的后勤才跟得上。

而祁山恰好就在这个关键节点。

顺便说一句题外话，杜甫在乾元二年（759 年）在天水待了几个月，然后也是走的这条路入蜀：他从天水出发，坐船沿西汉水到祁山，然后下船至寒峡、西和县，再到成县、徽县，从青泥河至略阳入川。他一路看风景一路吟诗，加上之前在天水写的，写了一百一十七首诗，统称为“陇右诗”系列。后世学者考证陇西地区、祁山古道、嘉陵道一带的史事变迁，杜甫的诗成为极为重要的佐证。“诗史”这个称号，可不是白给的。

其实诸葛亮并不是第一个发现祁山古道妙用的。东汉安帝朝有一位高人叫虞诩，他曾担任武都太守，抵御羌人。在当时，祁山古道极其难走，漕运不通，用驴马运输，沿途损耗高达五分之四。虞诩亲自主持，“自沮（略阳）至下辩（成县）数十里中，皆烧石翦木，开漕船道，以人僦直雇借佣者，于是水运通利，岁省四千余万”。虞诩的开漕效果惊人，他就任时，整个武都才一万户左右居民，两三年工夫就激增到四万户，而且盐米比从前丰富了十倍不止——要想富，先修路！

诸葛亮第一次出祁山前，勘察了一圈虞诩曾经战斗过的地方，写信给刘禅说：“祁山去沮县五百里，有民万户，瞩其丘墟，信为殷矣。”意思是我光是看祁山到略阳这一带居民区附近的坟头，就知道他们多富裕了。

这一带最重要的河流，除了嘉陵江，就是西汉水。很多人看了这名字，很容易和汉水搞混。

其实汉水的发源地是在留坝和凤县之间的紫柏山，从这里至勉县叫沮水，到了勉县叫沔水，一直流到南郑附近，也开始称为汉水。汉水和西汉水之间，并不联通，是彼此独立的两条水系。

现在问题来了，既然两条水没关系，为什么西汉水要叫西汉水？为啥不叫西嘉陵水？有人提出一个假设，会不会在古代，西汉水和汉水本来相通，是后者的上游水源，所以才因此得名。后来因为这一带地质变动很频繁，导致河流改道，才有了今日之局

甘肃彩陶

面。结果在历史文献里，果然找到了一条证据。在《汉书·高后纪》里，有这样一条证据："春正月乙卯，地震，羌道、武都道山崩。杀七百六十人；地震至八月乃止。"这场地震发生的时间，是汉高后二年（前186年）二月二十二日，地点正是在略阳。这场地震的结果，导致宁强县阳安关附近的山体发生大面积滑坡，堵塞了西汉水和汉水之间的通道，让嘉陵水把西汉水给夺走了。从此西汉水、汉水之间再无联通。而且地震导致氐道、羌道受到严重损害，到了虞诩时代才重新修通。

关于这场地震的详细考证，推荐去看周宏伟先生的《汉初武都大地震与汉水上游的水系变迁》，是一篇结合了文献学、地质学、水文学等多方面专业，以地质证史的典范之作。这事让人特别遗憾，试想一下，如果西汉水和汉水之间能够连起来的话，那等于把益中、汉中和祁山、陇西四个区域完全联成一片，物流更为顺畅，诸葛亮用兵进退自如，北伐说不定会是另外一番局面。

离开西和县之后，地形地貌已经大体变成了黄土高原，不过四周还有一些秦岭余脉萦绕，化为远方绵绵山脊。开过长道镇之后是一个丁字路口。朝南边走，是礼县县城，朝北边走，就是祁山乡。远处已经可以看到祁山脉络。

祁山是岷山——就是"更喜岷山千里雪"的那个岷山——的支脉，南临西汉水，北至天水秦州区的尖山，西起大堡子山，东至盐关镇郑家磨，正好与礼县到天水的道路平行而进，成为侧屏。祁山乡就在主脉之下，西汉水在旁边流过。在西汉水和祁山乡之间的平坦田野中，突兀地耸立着一座土山。

山形不是普通的锥形，体型扁平，很像是一艘巨大的军舰，舰首舰桥都清晰可见，俨然一副城堡的模样。

这里，就是祁山堡。

祁山堡的入口是一扇厚实的砖制城门，两侧是两堵高耸逼人的土壁。土壁的结构完全裸露出来，毫不遮掩，可以看到其壤质很紧致，上面还有很醒目的一条条土线痕迹。也就是说，祁山堡不是天然形成，而是人工一层层夯起来的。在这里看到的每一条夯土线，都是三国时期的人一夯一夯在版筑里砸出来的。

其实严格来说，祁山堡的建成跟诸葛亮没关系，这地方早在建安年间就有了，当时叫建安城。后来曹魏先占据此地进行修缮，派兵据守。诸葛亮出祁山时，首先攻克此地，然后才兵发陇西。从此以后，这里成了蜀汉和曹魏之间拉锯的战场，祁山堡也反复易手。诸葛亮不是祁山堡的建造者，他只是充分利用过它。

那么，为什么这个祁山堡要设置在这里？军事意图何在？为什么在蜀魏拉锯战中，祁山这个地方如此重要？

要回答这些问题，可以站在祁山堡的高处，俯瞰四下——几万字的北伐分析论文，都不如站在祁山堡顶上这么一看。

祁山堡这个位置，真是太重要了。

诸葛亮的大军穿过西和县的重重秦岭，在祁山堡西南处离开山区，进入平原——至今那里还有一个地名叫做川口，即川兵出口——祁山堡恰好扼守在这个出口前方。在祁山堡正对着的山顶，还有诸葛亮观阵堡的遗迹，与祁山堡成掎角之势。

西汉水也流经祁山堡的堡下南方，北去天水，南入西和，其漕运亦在祁山堡的监视范围内。堡顶距离西汉水不过两百多米，算上高度优势的话，弓箭完全可以威胁到船只。

而在祁山堡的北侧，是南北走向的北祁山。沿山麓南侧的大路开进，可以直达天水，按古道里程不过一百二十里，沿途除了木门之外再无险可据，易攻难守。更何况船队可以沿西汉水上溯，比陆地行军更加便利。邓艾接手陇西地区防务时，舆论认为蜀汉国力已尽，姜维不会再来。邓艾却忧心忡忡地表示："彼以船行，吾以陆军，劳逸不同。"这个"船行"，就是借西汉水之力，让远来的蜀汉军反而占据以逸待劳的优势。姜维时代尚且如此，诸葛亮时代的优势就更大了。

而在西南方向，通过祁山堡可抵达礼县。那里是直入羌中的通道，可以威胁到南安郡。魏延曾在这附近的阳溪大败郭淮，而姜维与司马昭在铁笼山大战也在这附近。总之一句话，蜀汉在西北的任何一次军事行动，都必须以祁山为基点。

祁山堡没有藏兵洞，不可能驻屯大军，可见祁山堡这个地方是一个进攻型的要塞。当一支军队奉行防守策略时，它太小了，不适合固守，只能起到监视作用。当一支军队打算进攻时，它却是一个绝佳的出击基地。可以这么说，祁山堡是一个通往陇西地区的钥匙，谁拿到这把钥匙，谁就推开了陇西的大门，掌握着天水与西和之间广阔地区的主动权。

这也就解释了，为何诸葛亮的北伐要称为“兵出祁山”。因为祁山是整个北伐策略的关键节点，是大前提。没有祁山，就没有一切。这一个“出”字用的非常准确，完全体现出了蜀军千辛万苦走出山区，踏上祁山堡这个平原入口时的心情。

要知道，要实现整个北伐，光靠《出师表》可不够，真正运转起来，是要靠大量细致枯燥的准备来支撑，而且诸葛亮事必躬亲，亲力亲为。这些小事在史书都不会有记载，只留下“政事无巨细，咸决于亮”、“杖二十以上亲决”几句短短的描述。这些句子里隐藏着的工作量，只有在祁山堡顶才能深切地体会到。

诸葛丞相当初站在堡顶，需要思考的事情估计比后人要繁剧十倍吧。这还只是祁山一处，整个北伐的工作量又该有多少？这种高强度的工作，就连竞争对手都看不下去了，发出“食少事烦安能久乎”的感慨。所以如果想感受诸葛丞相的辛勤到了什么程度，不用去五丈原，来祁山堡顶站一会儿就知道了。

鞠躬尽瘁，死而后已。这是诸葛亮给自己定的绩效考核，他拿到了满分，然后一去不回。

（摘自豆瓣网，2015 年 12 月 22 日）

因为一座城

平　原

一

2017年6月初，央视节目《朗读者》上，主持人董卿问一位老太太：“听说很多媒体要采访您，都被您婉拒了，因为您太忙，也不喜欢接受采访。可为什么这一次我们能请动您？”老太太沉思片刻，慢慢地说：“因为我老伴儿爱看这个节目。这辈子我欠他的太多，而他的时间可能不多了，我要尽量弥补……”

这位老太太是谁？

她叫樊锦诗，曾是敦煌研究院院长。“我父母是杭州人，但我出生在北京。”樊锦诗的父亲是从清华大学毕业的工程师，特别喜欢古建筑。小时候樊锦诗经常跟着父亲在北京城内外的古建筑里一泡就是一整天，时间一长，她也喜欢上我国数千年的历史和文化。1959 年高考时，她毫不犹豫地报考了北大考古系。

在北大，樊锦诗发现有个来自河北农村、名叫彭金章的男同学对自己特别好。比如泡图书馆，他会用一本书替她占位子；学校开运动会，他悄悄地递给她一副手套；她从家里回校时总会在学校大门口跟他“巧遇”，然后他帮她把行李送进宿舍。樊锦诗大着胆子问：“你是不是喜欢我？”彭金章一边拼命点头，一边红了脸。“喜欢你就说嘛！其实我也喜欢你。”两个人就这样相爱了。

1962 年，樊锦诗到敦煌去实习。“一到敦煌我就被彻底震撼了：精美的壁画，被称为‘东方维纳斯’的雕塑，数百个洞窟里囊括了中国从前秦到元代 1000 多年间多种形式的雕塑和绘画艺术。”

可是，艺术再美，也掩盖不了现实生活的艰苦：没有电，水又咸又苦，一旦起风就黄沙漫天，让人睁不开眼。“我从没有想过，在北京和杭州之外，会有这样一个世界。”最要命的是，房间里没厕所，去公共厕所要跑好远。有一天晚上，她想上厕所，不料一开门就看到两只大眼睛瞪着自己。她害怕是狼，就赶紧关上门，盯着天花板直到天亮。第二天她才知道，原来那是一头被当地老乡顺手拴在树旁的驴。

大学毕业时，彭金章被分到武汉大学。樊锦诗本想跟他一起去，但因为她在敦煌实习时，表现出对文物真正的热爱和深厚的专业素养，敦煌研究院写信到北大点名要她。“经过再三考虑，我还是决定接受邀请。”因为她的心里，一直忘不掉初见敦煌时的那种深刻的心灵震撼，仿佛有一种千里之外、千年之前的召唤，呼唤她去敦煌。同样学考古的彭金章表示理解，不过二人约定：3 年后樊锦诗调回武汉。

然而，3 年后“文革”开始了，一切都成了泡影。“老彭当时一心在武大筹建考古系，他工作忙，自己又不会照顾自己，吃饭也是饥一顿饱一顿，连头发长了都不知道去理，‘文革’时有人竟拿这些说事儿，批他是‘封资修’。”也有好心人劝彭金章：人要现实点，换个女朋友吧，天涯何处无芳草？但彭金章正色道：“我跟锦诗相互承诺过要相爱一生的，怎能因为距离就变心呢？那不是我的想法，我相信也不是她的。”

樊锦诗从同学口中听到这些事，特别感动。不久，她奔赴武汉，跟相爱的人举行了婚礼。“说来你们可能不信，婚后第三天我就回了敦煌。因为那时交通不便，半个月的婚假，来回路上就得耗费 10 多天。半年后我到上海出差，回程时领导特批我顺道去武汉看看。”

二

1968年，樊锦诗有了孩子，本想到武汉生产，由于她的工作就是每天在各个洞窟间爬上爬下、钻进钻出，结果不小心摔了一跤，孩子早产了。接到电报后，彭金章连夜就赶往敦煌：坐汽车转火车再转汽车，等他赶到的时候，孩子已经出生快一周了。

未足月的婴儿像只小猫，初为人母的樊锦诗哪知道怎么照顾孩子啊！看到丈夫终于赶到，她不禁号啕大哭。彭金章再三表示歉意，一边学着照顾妻子坐月子，一边学着照顾孩子。“可是，20天后，武大接连给老彭发来4封电报，催他赶快回校。他想告诉我，又张不开口，最后是我从他的手中‘抢’过第4封电报，才知道是怎么回事。孩子还没满月，他就不得不赶回武汉。”

以后几个月里，樊锦诗只好每天用被子把孩子围在床上，然后出门去上班。一下班，她就急忙往家赶，只有听到孩子的声音，她的心才能放下，因为这说明孩子安好。“有一天回到家，我忽然发现一只大老鼠从炕上蹿过，可把我吓了个半死。为防老鼠伤着孩子，我只好在家里养了几只猫，后来这些猫也成了孩子的好朋友。”最危险的是，有一次她一进门，发现已经会爬的孩子居然躺在火盆里的煤渣子上，幸亏火早就灭了，否则后果不堪设想。

说起这些，樊锦诗就想哭。彭金章也心疼，便把孩子接到武汉，让妻子安心工作。再后来，他们有了第二个孩子，彭金章又把孩子送到河北农村的姐姐家。就这样，一家四口分居三地，岁月漫漫，遥寄相思。樊锦诗说："老二 5 岁时，有一次我到北京出差，顺便坐了 3 个多小时的汽车去乡下看儿子。"

那一次，樊锦诗只能在大姑子家住一夜，她多么想搂着儿子睡啊！但儿子坚决不跟她睡，更不愿意喊她妈妈。第二天一大早，樊锦诗哭着离开。"到北京后，我态度坚决地打电话给老彭。感情生疏都是次要的，重要的是孩子眼看就要上学了，我们一家再也不能这样下去了。我们俩现在就同时写请调报告，谁的可能性大就谁调。"

然而，此时的彭金章不仅是武大考古系的创始人，还在研究夏商周考古文化方面成果显著，是国内这方面的顶级专家之一；樊锦诗发表过 100 多篇有关敦煌的研究论文，硕果累累，是敦煌文化研究与保护方面难得的人才。所以，两个单位都不愿意放人，还展开了人才争夺战：敦煌研究院曾先后三次派人前往武大，为了留住樊锦诗，他们想把彭金章调至敦煌；武大也不甘示弱，同样回敬三次，他们想要说服敦煌研究院放樊锦诗去武大。结果，双方大战几个回合，最终也没能分出胜负。

夫妻分居 23 年后，在时任国务委员方毅的关心下，二人终于可以团圆了。"可是，在我们决定究竟谁向谁靠拢时，都犹豫了。"是啊，这里是樊锦诗守了 23 年的敦煌，是中国人花了 1000 多年建设起来的属于全人类的古文明博物馆。她的整个青春、全部梦想都在这里。而此时，莫高窟已经"病"了，墙上的壁画正以惊人的速度脱落，如此下去，用不了多少年，这些艺术遗产就可能被彻底毁掉，必须尽快修复和加以保护。可是，真正懂敦煌、爱敦煌的人太少了，能在这里扎下根来的更是微乎其微。

如果自己也走了，谁来保护敦煌，还会给留下来的人造成不好的影响，自己岂不成了历史的罪人？樊锦诗犹豫着把自己的想法告诉丈夫。彭金章说："嫁给我让你受苦了，所以无论你有什么想法，我都听你的。我去敦煌吧。"

1987 年，莫高窟被列为世界文化遗产。来到敦煌的彭金章也把自己的研究方向转移到雕塑和壁画上，并和妻子一起，在对艺术遗产的保护上寻求国际合作。在国际组织的帮助下，他们花了几年时间在石窟外面建起防沙屏障，壁画的损坏也终于得到控制。

三

熟悉敦煌后，彭金章发现很少有人关注莫高窟的北区，因为北区风化严重，难出成果。可是缺了北边，怎么能算完整的莫高窟呢?

于是，彭金章像个工头一样，亲自带着几个人，地毯式清理北区的洞窟。这些千年无人清理的洞窟中尘土厚得不像话。"晚上回到家，老彭的眉毛眼睛上都是土，鼻涕擤出来是黑的，口罩一天换十几个都没用，咳出的痰也是黑的。有一天我居然从他的

九色鹿

耳朵窝里抠出一团土……”但彭金章丝毫不觉得苦，还得意地跟人炫耀：进了洞窟，用鼻子一闻就能闻出这个洞是修行用的、拜佛用的，还是存放尸体用的。

就这样，彭金章筛遍了北区的每一寸沙土，把有编号的洞窟从 492 个增加到 735 个。他在这些洞中挖出了景教十字架、波斯银币、回鹘文木活字等国家一级文物。他还从石窟中挖出大量汉文、西夏文、蒙文、藏文、回鹘文、梵文、叙利亚文的文书。“老彭本是为投奔家庭才从繁华的大都市来到大漠敦煌的，没想到他很快就爱上这里，并成为专家。”

1998 年，60 岁的樊锦诗成为敦煌研究院院长。此时的莫高窟已越来越出名，狂热的游客们一批又一批地来到这里。人太多，呼吸会对壁画造成伤害，但是禁止人们参观是不可能的，唯一的办法是控制游客数量。彭金章对此反复研究，最后得出洞窟的游客承载量每天不能超过 3000 人的结论。

可是，这个标准远远不能满足需求，几乎所有的游客都是不远千里而来，你总不能把人家拒之门外吧？在彭金章的建议下，樊锦诗决定拍一部全面介绍敦煌的宣传片。很快，电影《千年莫高》和立体数字球幕电影《梦幻佛宫》上映了。游客看完电影再进洞窟，参观时间一下子缩短了。这样，景点的游客承载量就可以增加许多。

樊锦诗说：“我希望在我们的共同努力下，敦煌至少还能再存在 1000 年。”她提出为每一个洞窟、每一幅壁画、每一尊彩塑建立数字档案，利用数字技术让莫高窟“容颜永驻”。

2016 年 4 月，网站“数字敦煌”上线了，上面介绍了 30 个经典洞窟和 4430 平方米的壁画。一些外国人说，看了敦煌莫高窟就等于看到全世界的古代文化。而今，不必去敦煌，全世界的人只要点击鼠标就可以进入莫高窟游览。

由于在莫高窟北区的尘土中工作了几十年，彭金章的肺部不断地出问题。樊锦诗知道，爱人离那一天不远了。他们家的门前种着几棵杏树，他们一起摘杏子，然后就像对待自己的孙子一样，拉着来访的学生一起吃。樊锦诗还收留了不少流浪猫：“猫是我家大儿子小时候的玩伴，我们不能忘记它们的恩情。”

直到这时，樊锦诗才意识到，以前总觉得自己在婚姻中牺牲得太多，实际上丈夫为了自己和这个家牺牲得更多。“我得想办法弥补啊！”此前，国内外很多媒体要求采访她，都被她谢绝了，理由是太忙，也不喜欢接受采访。但是这一次，当央视邀请她做节目时，她答应了：“因为老伴喜欢看这个节目。”

“现在，老彭已经去世几个月了，但我觉得他仍跟我、跟敦煌在一起。我们相恋于未名湖，相爱在珞珈山，相守在莫高窟，共同走过 58 年的人生时光，用我们的爱守护着中华民族的千年敦煌，我们的心永远在一起。”

（摘自《读者》2018 年第 10 期）

李晓洋：跟着爷爷修壁画

蒋肖斌

如果算工龄，敦煌研究院年轻的壁画修复师李晓洋的工龄可以从学龄前算起。出生于 1989 年的他，还没上学时就跟着修了一辈子壁画的爷爷李云鹤到处跑。只不过那时候，爷爷修着，他看着。现在，85 岁的李云鹤还坚持工作在一线，年轻人也成长起来了。

壁画修复第一课：和泥巴

2011 年，22 岁的李晓洋刚刚从国外留学归来，就进入敦煌研究院，成为一名壁画修复师，工作后的第一课，是学习“和泥巴”。这对一个手工基础只有小时候拿小木条拼小汽车的年轻人来说，并不容易。

“壁画修复工作太细致了，我们队里不雇工人，什么活儿都要自己做。”李晓洋介绍，大部分地区制作壁画地仗层（壁画由 3 个部分组成：壁画的支撑结构——墙壁或岩壁，地仗层——又叫灰泥层，颜料层）的原料都是当地取土，修复师们本着“最小干预、最大兼容”的原则，选择的修复材料必须和原有的材料最大限度地保持一致。

这用行话来说，就是要“掌握泥性”——泥的干湿度怎么样，什么样的干湿度能做什么东西，一层泥补上去多久才能接着补下一层，泥里沙土和纤维的比例……经验丰富的修复师，只需拿一把小修复刀在泥上划一下，就能知道这些泥合不合格；而修复大师只要拿手一摸，就知道这些泥的比例如何。讲到这里，李晓洋不好意思地说：“我还做不到。”

在工作的前两年，新人李晓洋跟着 9 个人组成的修复小组到甘肃甘谷的大像山，不能也不敢直接上手修国宝，就给组里打下手——和泥巴、剪麦草（麦草是做地仗层的纤维材料，需要剪成 1 厘米左右长）。

“这对我其实是件好事。我是一个比较好动的人，业余爱好是户外运动，而修复壁画是特别安静的工作。和泥巴就能让我动一动，搬搬泥巴，加加水，让师傅摸一摸，师傅说不行，我就重新加水和泥……在这段过渡期里，我见识了壁画修复，也磨了性子。”李晓阳说。

由于人才紧缺，敦煌研究院的壁画修复师们不得不满中国跑着修。工作到现在，李晓洋已经去过甘肃甘谷大像山、河北曲阳北岳庙、河北石家庄毗卢寺、山东泰安岱庙……在一个地方一待就是一两年，两地无缝衔接，没有一天是闲的。

当然，李晓洋“和泥巴”的水平也是与日俱增。在修毗卢寺壁画时，一个当地人问他们：“你们修复用的泥和原本的老泥能结合吗？20 世纪 80 年代有一些民间自发的修复，那会儿补上的泥和老泥很快就分层脱落了。”事实证明，敦煌研究院团队做的泥，和老泥结合得非常好。

壁画修复师们不分工种，每个人都要掌握修复的每一个步骤，在任何人离场的情况下，工作都不能停。“干这一行，既是泥匠，又是木匠，更是电工，还要懂力学，该懂的都要懂。如果现在把一个文物本体摆在我面前让我修复，能不能从头到尾做下来，我还是没把握。要做一个合格的文物修复师，我还需要更多的时间和经验。”李晓洋说。

全家一起修壁画是怎样的体验

李云鹤和李晓洋，祖孙俩的人生轨迹有一种神奇的呼应。

1956 年，24 岁的李云鹤还在山东老家，刚从学校毕业，响应国家的号召去了西北。本来目的地是新疆，因为想顺道看望在敦煌研究院工作的舅舅，就在敦煌停了一下。这一停，就是 60 年。

2011 年，22 岁的李晓洋从澳大利亚一所大学的室内设计专业毕业，本来还想在国外再待两年，但护照到期，得回国换护照。这一回国，再也没离开。“就像一种安排，让我走上了这条路。”李晓洋说。

现在，李晓洋和爷爷、叔叔都在一线修复壁画，爸爸也在敦煌研究院工作。李晓洋说：“我们在爷爷奶奶家吃饭，饭桌上就聊壁画修复：‘哎，前两天那个壁画的那个部位是怎么弄的?’然后全家开始讨论。有时吃完饭散步，爷爷就一边走一边给我讲。”

“在工作前，我都不相信爷爷是会发火的人。”李晓洋说。从小到大，爷爷从来没在生活中说过他一句；但在工作的第一年，爷爷第一次训了他。

2011 年 12 月，李云鹤带队的甘谷大像山修复组因为天气寒冷暂时停工，回到敦煌研究院。为了不浪费时间，老人就培训新人怎么做石膏翻模，李晓洋也在其中。第二年的 3 月，工程复工，需要石膏翻模，结果几个年轻人全忘了。“爷爷挨个儿批评我们：‘怎么这么不用心!’”李晓洋说，“一边批评，一边现场又教了一遍。”

其实，李云鹤特别喜欢和年轻人在一起。直到现在，老人仍然戴上头盔和手套，跟年轻人一起爬 20 多米高的脚手架。敦煌研究院的年轻人都叫他爷爷，不明真相的外人乍一听都很惊讶："李老师，您怎么这么多孙子啊！"

李云鹤经常给孩子们讲以前的事：20 世纪 50 年代后期，自己刚来敦煌不久，院里请来一位捷克专家做指导，但这位专家觉得敦煌条件太艰苦，没待多久就走了。李云鹤特别遗憾，只好揣摩捷克专家留下的一些工具，摸索适合莫高窟壁画修复的新方法。

在 20 世纪 60 年代，李云鹤修复了敦煌莫高窟第 161 窟的壁画，此后他每年都要去那个窟——他想知道，自己在修复壁画的过程中，使用的材料和工艺能保持多久——半个多世纪过去了，时间证明当年的修复没有出现任何问题。

现在，敦煌研究院的文保中心有 60 多人，1990 年左右出生的年轻人占到 1/3。年轻一代有了更多中外交流的机会，敦煌研究院长期和日本、英国、美国等国的研究机构进行合作与交流。年轻人的观念也更加开放，常会主动研究新材料和新工艺。但李晓洋深知：做文物修复，不仅是创作，更重要的是保留，即使创新也要在"守旧"的基础上，"能用木楔子的地方，绝对不能用钢钉"。

曾有人建议他们用 3D 打印技术修复文物，比如佛像的胳膊断了，可以 3D 打印一个，肯定比人手操作精准，但最终，修复师们没这么干。李晓洋说："这样做的确是复原了，但会对后人

敦煌壁画文殊师利

的文物研究造成障碍。创新的材料和工艺，可以在做复制品时尝试使用，对文物本体的修复，我们还是坚持用传统工艺。”

修复前后的照片对比，让你觉得值，没白干

作为一个资深“跟班”，李晓洋清楚地记得，1998年的夏天，爷爷在甘肃武威做天梯山大佛的复原修复工程，暑假里他就跟着一起去。那尊佛像特别大，成年人站到跟前还没佛像的一只耳朵大。李晓洋跟着爷爷，吃住都在工地上，条件十分艰苦，住的房子就搭在悬崖下，刮风漏风，下雨漏雨。

“很多文物点离市区相当远，水电供应都很费事，有的地方还要搭帐篷。尤其是新疆克孜尔石窟，爷爷去修的时候，周围连一棵树都看不见。”李晓洋说，“现在条件好多了，但修壁画仍然是个苦活儿：修墓室壁画，阴冷，地面能渗出水，待久了关节疼；在高原地区修壁画，一修就是好几年，留下高原后遗症；即便最普通的地方，修复现场也是尘土飞扬。有一次修一座佛像莲花座下的坤门，那么大一个泥块，搬起来都很费劲，打磨后，全身都是土。”

河北曲阳北岳庙，是李晓洋真正开始修复壁画的地方。2012年8月他刚去时，庙中德宁之殿墙上的壁画几乎完全被浮尘遮盖，站在殿中央，往左右看，都看不清有画。修复团队搭了4层高的架子开始工作。他们的敌人有粉尘、蝙蝠粪、破碎的砖，还

有闷热的天气。“每天就在架子上待着，一坐一天，越高越热，没有一丝风，下班回去，衣服脱下来能拧出水。下雨更糟糕，进殿的石板路上，能看见热气蒸腾。”李晓洋说。

修复工作完成后，北岳庙的一位工作人员激动地对李晓洋说：“这是我第一次看到这么清晰的画面！”

对李晓洋来说，工作最快乐的时刻，就是做修复对比的时候。修之前，拍个照，修完后，以同样的角度再拍个照：“两张照片放在一起，不用PS，那种震撼，让你觉得值，没白干！”

李晓洋说：“能修壁画，我很幸运。我有幸看到、摸到传承了几千年的艺术品，就更要沉下心，拾起这门手艺。”

“什么是工匠，其实就是时间。”这个道理李云鹤懂，李晓洋也开始了自己的领悟。

（摘自《读者·校园版》2017年第22期）

老　曹
——一个《读者》老编辑的怀念

郑元绪

一

老曹名克己，出版社上上下下皆呼其老曹。老曹办事果断、大气，从不拖泥带水。老曹身宽体胖，硕大的脑袋里装满了甘肃出版的蓝图和智慧。老曹乃性情中人，做人善良、纯真、可爱。老曹离世 21 年了，他组织创办的《读者》杂志也年近而立。

一个活生生的老曹一下子变成那么久远的历史，岁月真是无情。

1985 年 5 月，我随大西北宣讲团去北京高校演讲，讲西北，讲兰州，讲牛肉面和白兰瓜，更讲《读者文摘》（注：1993 年 7

月更名为《读者》)。后来我知道，国内报刊界的一些编辑、主编乃至京城管报刊的领导，当年都曾是那几场演讲的听众，其中有两个还进了《读者》杂志社的大门。

应清华学生会的要求，那晚在阶梯教室举办了有关《读者文摘》的专场“答疑”。会场水泄不通，我费尽口舌向热情的大学生们讲述着杂志成功的“秘诀”。最后我说：“我跟你们讲讲我们的领导吧，他叫老曹，出版社的总编辑。他调了两个理工科编辑，把杂志就交给了他们，大事亲自拍板，小事放任不问；初时各种非议不断，全在老曹那儿被挡下。于是两个人放开了手脚，因为老曹有话在先——出了问题我负责。”果然有事要他负责了。一篇文章引发了一起“事故”，有人声称要“揪出责任编辑”。老曹当仁不让，代表编辑部承担了全部责任。事态渐渐平息，老曹把两人叫了去，没说一句重话，只是用关爱的口吻责备说：“可要小心，可不敢再出岔子了，杂志经不起折腾呀！”阶梯教室鸦雀无声。大家都明白了，这本杂志实在幸运，因为它有个主心骨，有老曹这棵大树。

2007 年我在武汉参加一个期刊研讨会。夜晚，代表们在游船上观光消夜，一位代表举起酒杯对我说：“你们的老曹走了快 20 年了吧？咱们为他干一杯。”刹那间我愣住了。杂志誉满天下、如日中天，老曹对许多人来说却一天天远去，日渐陌生。我一时不知说什么好，只深深点头感谢，用力跟他碰了杯。

二

老曹爱玩。那时办公时间有“中场休息”15 分钟，让大家放松放松。老曹有时就进了我们的大办公室，跟几个同事打克朗棋。一步棋没打好，他都会大叫，楼道里老远就听见他的声音。铃声骤响，休息结束了，编辑们各自就位。老曹败局未挽，岂肯甘心？只听他悄声道：“关门，快关门！”一是怕吵了别人，二是防检查纪律的人撞见。前两年读朱德庸漫画《关于上班这件事》，有幅画画的是老板在上班的时候偷偷跟员工耍乐。那老板也很胖，我就想起了老曹，时隔多年，耳朵里还留着他顽童般欢快的叫声。

三

老曹生性豪爽、快活，但我看得出，他为世事所累（还曾被小人算计），在很多事上不得志。每有郁闷失意，他都自己咽下，从不对人诉说。他精于业务却适应不了官场，有段时间身为出版社总编辑却进不了党委核心。人们忿忿不平，他也只是笑笑，依旧高声大嗓，依旧精神抖擞。只有在繁忙的工作中，他才找到快乐，迸发出无穷的精力。

1988 年，老曹病重，长时间住在医院。病情的诊断似变幻不定，我心里总是猜测：心情的郁结也许是一个最隐秘、最深藏的病因。我去医院探视过几次，他状态还好，甚至谈笑风生。我们高兴地合了影。后来，老曹内心的坚强终敌不过病魔的肆虐，再次前去探视时，我不知老曹彼时想些什么，突然感到了一个人生命的脆弱和无奈，不由心里一痛，竟未多看老曹一眼。

四

我和老曹的私下交往不多。杂志初创那段，多是亚权去找他汇报请示工作；后来，我们也一块聊过天。大约是1987年吧，那时老曹身体尚好，我们有一次聊了挺长时间。那天他很兴奋，说起了将来杂志发展到20年、30年会如何如何，还说做好什么事都要泼出命…… 聊着聊着，他停了下来，沉默许久，突然开口：“有时候想想，人泼出命干一辈子，到头来不过就是追悼会上花圈多一点罢了！”脸上闪过一丝自嘲的微笑，倏尔而逝。

老曹是1988年8月31日去世的，当年第10期《读者文摘》发了消息。编辑部送的挽幛上写了八个字：老曹去矣，文摘痛哭。追悼会在兰州华林坪陵园大礼堂举行，礼堂内外花圈、挽幛铺天盖地。我奇怪那天在最尊敬的师长遗像前，自己竟没有痛哭失声。我环顾那如山如海的花圈，心如止水，一遍遍默默地问道：“老曹，你都看见了吗？”

老曹去世时刚满60岁。如今，亚权和我都已年长他几岁了。亚权对我说：“我们应该记住老曹，他有恩于我们。”所言极是。

2009年8月

注：文中“亚权”即胡亚权，1981年与本文作者共同创办《读者》杂志。

（摘自《读者·大字版》2009年第10期，有删节）

致 谢

四月芳菲醉，人间仲春时。在这个充满诗意的季节，陇原大地春意盎然，如诗如画。继三月成功推出《读者丛书·国家记忆读本》之后，我们步履不停，继续前行，又策划了第四辑“读者丛书”《人文甘肃读本》，献给我们生活的这片热土和我们一直深爱的读者。

陇原大地，历史悠久，人文丰厚，“丝绸之路三千里，华夏文明五千年”是长期以来人们对甘肃人文历史形成的深刻记忆和印象。而甘肃历史文化的厚重和悠久也使得它似乎缺少了一种现代的灵动和朝气。为了打破这种印象，也为了让读者更加了解甘肃、了解甘肃历史人文，我们在编辑《人文甘肃读本》的过程中试图转换一个新的视角，以名人、名家的视角去看甘肃人文历史，以艺术和文学的触角去抚摸陇原大地，让读者感受一个不一样的甘肃。丛书围绕甘肃人文历史这一主题，从各种图书、报刊、网站上精选了100多篇名人、名家书写甘肃的名篇，让读者在纯粹而轻松的阅读中了解人文甘肃，走进陇原大地。

在丛书的策划、编辑出版过程中，得到了读者出版集团、读者杂志社领导的多方指导和帮助，在此深表谢意！与此同时，丛书的编选也得到了绝大多数作者的理解和支持，他们对作品的授权选编和对丛书的一致认可使我们消除了后顾之忧，对此我们表示诚挚的谢意！尽管我们尽力想同各位作者取得联系，但由于各种原因依然未能联系到部分作者，对此我们深表歉意，也请这些作者见到图书后与我们联系。我们的联系方式是：甘肃人民出版社（甘肃省兰州市读者大道568号，730030，联系人：马海亮，13893478059)。

人间最美四月天，在这美好的仲春时节，《读者丛书·人文甘肃读本》的出版发行让我们这些出版人感到无比欣慰和激动，因为这是我们献给我们生活的这片土地和我们热爱的读者的最好礼物！

读者丛书编辑组

2019年4月